Schiffsromantik

Schiffsromantik

Abenteuer und Geschichten von Seefahrern, Seglern, Meer und Wind

Zusammengestellt von
Dorothee Fetzer

Gondrom

Bildnachweis:
Schutzumschlag und Seite 33, 34, 59, 60, 85, 86, 111, 112, 137, 138, 163, 164, 189, 190, 215, 216
Archiv für Kunst und Geschichte, Berlin

1. Auflage

Satz: Repro und Satz Kreisl, Hof/Saale
Umschlaggestaltung: Creativ Werbeges. Stuttgart 80, G. Müller
Printed in Italy
ISBN: 3-8112-0401-7

Das Schiff – sein Bau

Der Schiffspatron

Nachdem der Schiffsbaumeister nach allen Regeln seiner Kunst den Bauriß des Schiffes entworfen hat, ist es die Aufgabe des Schiffszimmermanns, nach dem entworfenen Riß das Schiff in Wirklichkeit auszuführen, wobei, wie sich von selbst versteht, noch viele andere Handwerker mitwirken müssen. Kleine und platte Fahrzeuge werden stets ohne besondere Vorrichtung erbaut, für große aber bedarf es eigens dazu eingerichteter Plätze, der sogenannten Schiffswerften, die dicht am Wasser liegen. Auf großen Schiffswerften ist für jedes zu bauende Schiff eine Art Schleuse, Dock genannt, erbaut, die während der Arbeit kein Wasser enthält, so daß der Schiffsrumpf ganz auf dem Trocknen gebaut wird; sobald dieser aber fertig ist, wird die Schleuse, welche durch einen Kanal mit dem Meer oder einem schiffbaren Fluß verbunden ist, unter Wasser gesetzt und auf diesem Kanal dann das Schiffsgebäude in sein eigentliches Element gebracht, wo man es vollendet und ausrüstet. Was bei dem Landzimmermann die Zulage ist, das ist bei dem Schiffszimmermann der Stapel. Das Schiff durchschneidet das Meer, das Gebäude ruht auf der Erde; deshalb ist letzteres unten breit, ersteres aber läuft dort in eine Schneide – den Kiel – aus, und nur dieser kann, während das Schiff gebaut wird, unterstützt werden. Der Stapel ist demnach eine Reihe von Pfählen, welche in gerader Linie in den Boden gerammt sind, jedoch so, daß ihre Oberkante nach dem Wasser zu schräg abfällt, damit der fertige Schiffskörper, sobald er von den ihn stützenden Balken und Streben frei wird, eine Neigung hat, von selbst vom Stapel in das Wasser zu gleiten. Für jedes Schiff wird der Stapel erst kurz vor dem Bau errichtet. Ein feststehender, rinnenförmig aus eichenen Bäumen gebildeter Stapel heißt eine Helling.

Der wirkliche Bau des Schiffes selbst beginnt damit, daß man auf den Stapel den Kiel legt, einen aus mehreren Stücken zusammengesetzten Balken, welcher die Grundlage des Schiffes bildet und die ganze Länge seines Unterteils einnimmt. An den beiden Enden des Kiels werden zwei aufrecht stehende Balken, der Vor- und der Achtersteven, in stumpfen Winkeln eingezapft. Ersterer besteht aus einem oder mehreren Stücken Krummholz, und ist eben so stark als der Kiel. Hinter dem Vorsteven wird noch dicht daran der Binnensteven zur Verstärkung gesetzt, und dieser erhält unten ein Knie, um ihn noch besser mit dem Kiel zu verbinden. Der Achtersteven steht etwas rückwärts geneigt im Kiel in seinem Zapfenloch, der sogenannten Hielung, und erhält ebenfalls einen Binnensteven mit einem Knie. Der Achtersteven muß sehr stark sein, weil er das Steuer und die den Spiegel oder das Heck bildenden Balken trägt. Die Hauptteile dieses Gebälks bestehen aus dem Heckbalken und den Warpen oder Bändern des Spiegels. Der Heckbalken liegt querüber am Achtersteven, mit welchem er durch Einschnitte und Bolzen verbunden ist. Seine beiden Enden sind an den Transomhölzern befestigt, und er macht eine Biegung nach außen und nach oben. Die Warpen sind dem Heckbalken ähnlich, aber kürzer und ebenfalls mit dem Hintersteven und den Transomhölzern verbunden.

Sobald der Vor- und Achtersteven aufgerichtet sind, wird von dem einen zum andern senkrecht über den Kiel ein Seil gespannt, um danach das übrige Gebälk genau ebenmäßig aufzuzimmern. Sodann werden die Spanten, auch Inhölzer genannt, die aus mehreren Stücken, Sitzern, Auflangern u.s.w., bestehen, in gewissen Entfernungen zu beiden Seiten des Kiels befestigt. Von der Gestalt dieser Spanten, die einen mehr oder weniger geschweiften Bogen bilden, und von der Richtung der Steven hängt die Bildung des Schiffsrumpfes ab. Die Spanten stehen entweder gerade auf dem Kiel oder in Planken über demselben. Die hintersten Spanten laufen vom Achtersteven nach dem Heckbalken; sie haben die Form eines S und heißen die Transomhölzer. Wo die Spanten auf dem Kiel sitzen, wird in gleicher Richtung mit letzterm ein starker Balken, das Kielschwien, übergelegt und an die Spanten und den Kiel mit Spitzbogen befestigt. An die Spanten nagelt man nach der Länge des Schiffes die Senten oder Binder, welche aber nach der Beplankung wieder abgenommen

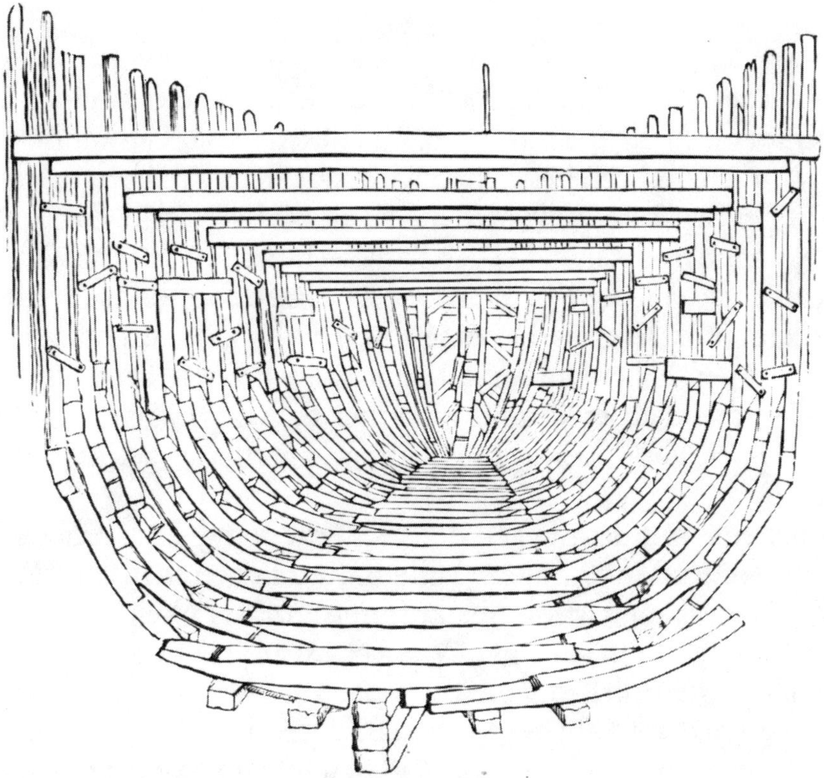

Perspektivischer Querdurchschnitt eines aufgezimmerten Schiffskörpers

werden. Hierauf werden nach der Quere des Schiffes die Verdecksbalken eingezogen, welche nicht nur die Verdeckplanken tragen, sondern auch den beiden Seiten des Schiffes eine feste Haltung geben.

Sobald das Gerippe fertig ist, befestigt man nach der Länge des Schiffes außen an den Spanten die Haupt- oder Außenplanken, welche die Bekleidung des Rumpfes bilden, seinen Teilen den hauptsächlichsten Zusammenhalt geben und das Eindringen des Wassers

verhüten. Die untersten werden an den Kiel und die Enden der vorderen und hinteren an die Steven angespindet, untereinander aber nur genau gefügt. Der schmale Raum zwischen zwei Planken heißt eine Naht, die mit Werg, welches man mit Gewalt hineintreibt, ausgefüllt und dann mit heißem Pech bestrichen wird, was man kalfatern nennt.
Nach Vollendung der Beplankung werden die Verdecke hergestellt. Größere Schiffe haben mehrere Verdecke, doch nennt man bei den Kriegsschiffen nur die mit Kanonen besetzten so, die leeren haben verschiedene Namen, wie z.B. Back, Kuhbrücke, Schanze u.s.w. Die unteren Deckbalken sind stärker als die oberen, weil die Kriegsschiffe auf dem unteren Deck die schwersten Kanonen haben, und überhaupt alle schweren Teile möglichst tief liegen müssen. Die Verdecke sind in der Mitte etwas höher, damit das Wasser nach der Seite abfällt und dort durch die Speigaten, kleine röhrenförmige, mit Blei ausgefütterte Löcher im Bord, abfließen kann.
Wenn die Zimmerleute mit dem Legen der Verdecke fertig sind, bringen sie die Luken, Treppen, Mastspuren, Rüsten, Pumpen, Spillen, Regelingen, Klüsen, Halsklampen, und wenn das Schiff ein Kriegsschiff ist, die Stückpforten an. Die Luken sind viereckige, wie Falltüren gestaltete Öffnungen, um aus einem Verdeck ins andere zu gelangen. Auf den Kriegsschiffen sind fast alle Luken mit bequemen Treppen versehen, auf den Kauffahrern aber nur die in die Kajüte und in den Raum der Matrosen führenden. Vom Wasser gelangt man auf das Schiff durch Treppen, welche Fallreepe heißen und am vorderen Ende des Hinterdecks vom Wasser bis auf den Bord reichen. Die eine befindet sich an der Steuerbord-, die andere an der Backbordseite. Zur Erklärung dieser beiden sehr oft vorkommenden Ausdrücke muß ich bemerken, daß, wenn man hinten auf dem Schiffe steht und nach vorn sieht, die Seite rechts von dem Maste Steuerbord und die linke Backbord heißt. Die Mastspuren sind Zusammenfügungen von starken Hölzern, welche die Masten unten am Fuße umschließen, und unter Rüsten versteht man die starken Planken, die unter dem obern Schiffsrande horizontal vorstehen. Neben den Mastspuren stehen auch die Pumpen, um das eindringende Wasser aus dem Schiffe zu bringen. Die Spillen oder Winden stehen in verschiedenen Verdecken und dienen zum Heben der Anker und großen Lasten. Sie sind

entweder senkrecht, wo sie Gangspille, oder waagrecht, wo sie Bratspille heißen. Auf großen Kriegsschiffen hat das größte Gangspill, wie überhaupt alle Spille, ein Vorgelege mit Sperrwerk, und heißt Kabestan.
Alle Teile des unter freiem Himmel befindlichen Verdecks werden an ihrem äußern Rande mit einer Einfassung umgeben, welche hauptsächlich in dem Bord besteht, der eine mit Planken beschlagene Fortsetzung der Spanten ist und oben mit einer Planke, dem Schandeckel, bedeckt wird. Der Bord ist gewöhnlich drei bis vier Fuß hoch, an verschiedenen

Der Stapellauf eines Schiffes

Teilen des Schiffes aber tiefer, wo dann Geländer oder sogenannte Riegelungen oder Regelingen erbaut sind, so daß die Einfassung überall gleich hoch ist. Auf Kriegsschiffen ist der Bord durchgängig höher.

Die Klüsen sind runde Löcher im Vorderteile oder Bug neben dem Vordersteven, durch welche die Ankertaue laufen, und mit Blei oder Kupfer gefüttert, damit das Wasser nicht zu den Spanten läuft.

Die letzten Arbeiten auf dem Stapel bestehen in der Aufzimmerung und Ausschmückung des Spiegels, der Einrichtung der Seiten- und Hintergalerien, des Gallions, dem Beschlagen des Schiffbodens mit Kupfer und dem Anstreichen des Schiffes. Der Spiegel ist der am meisten geschmückte Teil des Schiffes und oft mit Schnitzwerk versehen. Unter den Kajütenfenstern ist der Name des Schiffes angebracht und am Heckbord, oben über dem Spiegel, der Flaggenstock zur Nationalflagge, und, wenn es ein Kriegsschiff ist, die große Laterne. Das Gallion bildet, wie die Schnäbel der alten Schiffe, einen Vorsprung am Bug, der mit den Vordersteven verbunden ist. Es soll das Durchschneiden des Wassers befördern und dem daran befestigten Bugspriet mehr Stetigkeit geben.

Der Kupferbeschlag des Schiffsbodens besteht aus Platten in der Stärke des Eisenblechs und wird mit kupfernen Nägeln an die Planken befestigt. Er reicht nur von unten bis zur Wasserpaßlinie und dient dazu, die Seewürmer abzuhalten und weder Schnecken noch Seetang und dergleichen auf den Schiffsboden kommen zu lassen. Nach Vollendung des Kupferbeschlages erfolgt der Ölfarbenanstrich. Schwarz ist die Hauptfarbe, und die Verzierungen werden mit Gelb oder Weiß abgesetzt.

Alle übrigen Arbeiten finden erst dann statt, wenn das Schiff vom Stapel gelaufen und ins Wasser gebracht ist. Es ist dies eine große Feierlichkeit, und ich erinnere mich noch mit großem Vergnügen des Tages, wo ich zum ersten Mal Gelegenheit hatte, einem solchen Schauspiel beizuwohnen. Das Schiff, ein stattlicher Dreidecker, war mit Fahnen und Flaggen geschmückt. Die Schiffsoffizianten befanden sich mit vielen eingeladenen oder freiwilligen Gästen auf demselben, und sobald die letzte Stütze durchgeschlagen und das sogenannte Stopptau, welches das Schiff auf dem Stapel hält, freigemacht war, brachte die

auf dem Schiffe befindliche Menschenmenge es durch ihre Bewegung ins Schwanken, worauf es erst langsam und dann immer schneller und schneller ins Wasser glitt. Dabei krachten alle Rippen des Schiffes und der Kiel erhitzte sich auf der Unterlage durch die Reibung so stark, daß Rauch und Flammen hervorbrachen und viel Wasser aufgegossen werden mußte. Als das Schiff den Wasserspiegel erreichte, tauchte es fast unter, hob sich aber gleich wieder und schoß dann im Wasser vorwärts.

Seefahrt

Lange Tag' und Nächte stand mein Schiff befrachtet;
Günstger Winde harrend, saß mit treuen Freunden,
Mir Geduld und guten Mut erzechend,
Ich im Hafen.

Und sie waren doppelt ungeduldig:
Gerne gönnen wir die schnellste Reise,
Gern die hohe Fahrt dir; Güterfülle
Wartet drüben in den Welten deiner,
Wird Rückkehrendem in unsern Armen
Lieb und Preis dir.

Und am frühen Morgen wards Getümmel,
Und dem Schlaf entjauchzt uns der Matrose,
Alles wimmelt, alles lebet, webet,
Mit dem ersten Segenshauch zu schiffen.

Und die Segel blühen in dem Hauche,
Und die Sonne lockt mit Feuerliebe;
Ziehn die Segel, ziehn die hohen Wolken,
Jauchzen an dem Ufer alle Freunde.
Hoffnungslieder nach, im Freudetaumel
Reisefreuden wähnend, wie des Einschiffmorgens,
Wie der ersten hohen Sternennächte.

Aber gottgesandte Wechselwinde treiben
Seitwärts ihn der vorgesteckten Fahrt ab,
Und er scheint sich ihnen hinzugeben,
Strebet leise sie zu überlisten,
Treu dem Zweck auch auf dem schiefen Wege.

Aber aus der dumpfen grauen Ferne
Kündet leisewandelnd sich der Sturm an,
Drückt die Vögel nieder auf Gewässer,
Drückt der Menschen schwellend Herz darnieder;
Und er kommt. Vor seinem starren Wüsten
Streckt der Schiffer klug die Segel nieder,
Mit dem angsterfüllten Balle spielen
Wind und Wellen.

Und an jenem Ufer drüben stehen
Freund' und Lieben, beben auf dem Festen:
Ach, warum ist er nicht hier geblieben!
Ach, der Sturm! Verschlagen weg vom Glücke!
Soll der Gute so zugrunde gehen?
Ach, er sollte, ach, er könnte! Götter!

Doch er stehet männlich an dem Steuer:
Mit dem Schiffe spielen Wind und Wellen,
Wind und Wellen nicht mit seinem Herzen!
Herrschend blickt er auf die grimme Tiefe
Und vertrauet, scheiternd oder landend,
Seinen Göttern.

Johann Wolfgang von Goethe (1749 – 1832)

Das Schiff – seine Ausrüstung

Zu den ersten Arbeiten, welche man an dem vom Stapel gelaufenen Schiff vornimmt, gehört das Anfügen des Steuerruders. Dasselbe hängt mittelst starker Haken, Fingerlinge genannt, am Hintersteven, und läßt sich wie eine Tür in den Angeln hin und her bewegen. Es besteht aus einem mit dem Achtersteven gleich starken und gleich tief hinabgehenden eichenen Pfosten, an dessen untern Teil nach hinten zu ein anderes, wie ein Keil gestaltetes und mit der Spitze nach oben gekehrtes Holzstück befestigt ist, an welches sich noch ein

drittes von gleicher Form schließt. Beide reichen oben nur bis über die Oberfläche des Wassers. Im Kopf des Pfostens befindet sich ein viereckiges Loch, worein die in das Schiff hineinragende Ruderpinne oder der Helmstock kommt, welcher das Ruder dreht. Da dieses eine große Gewalt ausübt, so kann es nicht mit der Hand bewegt werden. Aus diesem Grunde sind am vordern Ende der Pinne zwei Taue angebracht, welche über Scheiben an den beiden Schiffswänden laufen. Beide Taue gehen entgegengesetzt auf eine senkrecht stehende Welle, welche oben ein Rad mit Handspeichen, das Steuerrad, trägt. Wird dieses Rad gedreht, so windet sich das eine Tau ab, während das andere sich aufwindet. So kann man das Steuer mit leichter Mühe drehen und seine Stellung auf der Scheibe jeden Augenblick beurteilen.
Unter der Zurüstung eines Schiffes versteht man alle diejenigen Teile, welche nicht unmittelbar zum Schiffskörper selbst gerechnet werden können, sondern zur Bedienung und Bewegung des Schiffes notwendig sind. Man rechnet dahin das Rundholz, das Tau- und Takelwerk und die Segel. Rundholz nennt man die Masten, Stengen, Rahen und alle zum Tragen der Takelage und der Segel dienenden Hölzer, welche sämtlich abgerundet werden. Das Tauwerk umfaßt alle Seile, die zum Halten der Masten, zur Regierung der Segel und zu anderen Zwecken auf dem Schiffe vorhanden sind.
Den Maßstab zu dem Rundholz gibt entweder die Länge der Segelbalken oder sonst ein Schiffsteil, und zwar mit solcher Genauigkeit, daß ein kunstgeübtes Auge aus einem einzigen Stücke die Größe des ganzen Schiffes beurteilen kann. Unter diesen Stücken sind die Masten die wichtigsten, und unter diesen wieder der große oder Mittelmast, weil er das Muster für die übrigen ist. Die Masten bestehen, wie überhaupt alles Rundholz, aus Fichten- oder Tannenholz; da aber für die Kriegsschiffe die Masten eine Länge und Stärke haben müssen, wie sie ein Baum selten oder nie erreicht, so werden sie auf besonders zu diesem Zweck angelegten Mastbaumbauplätzen zusammengesetzt. An jeder Zusammensetzung ist ein eigenes Gerüst zum Halten, das sogenannte Eselshaupt oder Eselshoofd, angebracht. Der größte Mast eines großen Schiffes, z.B. eines Kriegsschiffes, ist 3½ Fuß dick, hat also über fünf Ellen im Umfang und eine Höhe von 130 bis 150 Fuß. Um einen Mast an seine

Stelle zu bringen, errichtet man auf dem obersten Verdeck, da, wo er zu stehen kommt, ein Gerüst, das gewöhnlich aus zwei starken gegeneinander gelegten Balken besteht, deren Enden oben zusammenstoßen und durch starke Taue nach allen Seiten gestützt sind. Hieran wird der Mast mittelst schwerer Takel aufgezogen und durch die Verdecke bis in seine Spur auf dem Kielschwien gebracht.

Die einzelnen Rundhölzer sind der große oder Mittelmast, dessen Verlängerung durch die große Stenge, die große Bramstenge und den großen Topp gebildet wird, und zu welchem der große Mars oder Mastkorb, die großen Bramsalingen, die große Rahe, die Oberbramrahe gehören; der Fockmast mit gleichbenannten Stengen und Rahen; der Besanmast, der Bugspriet oder der sich über den Bug des Schiffes neigende Mast, dessen Verlängerung

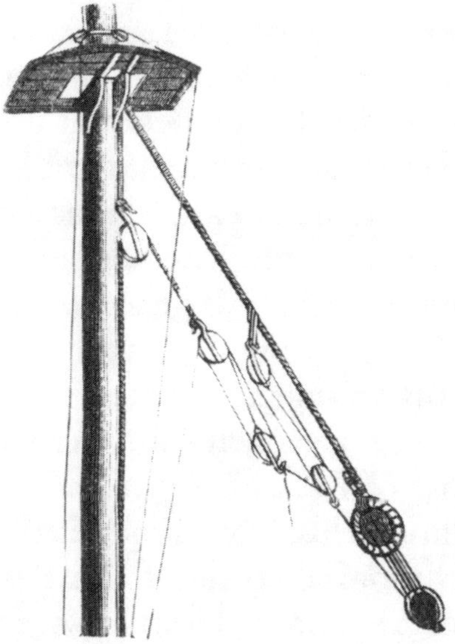

Gebrauch des Seitentakels

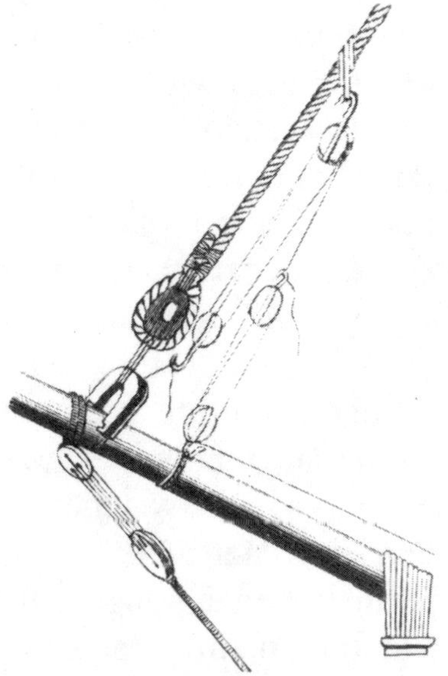

Verbindung des Fockmastes mit dem Bugspriet

der Klüverbaum heißt und dessen Rahe oder Segelbaum mit dem Namen der Blinderahe bezeichnet wird; der Flaggenstock oder die Stange, von welcher die große Nationalflagge herabweht und die mitten am Heckbord in einem Eselshaupt steht und in der Richtung des Spiegels rückwärts hängt.

Ein anderer wichtiger Teil der Zurüstung des Schiffes besteht in dem Tau- und Takelwerk, die beide so genau zusammengehören, daß ich sie auch jetzt bei meiner Beschreibung nicht gut voneinander trennen kann.

Die Taue sind hinsichtlich ihrer Länge und Stärke sehr genau bestimmt. Verfertigt werden sie durch den Schiffsseiler oder Reeper auf der Reeperbahn, entweder aus Hanf oder, wie z. B. an den Küsten des mittelländischen Meeres, aus dem Bast des Feigenbaumes und aus Esparto oder Pfriemengras. Die dünnsten Taue heißen Leinen, die dickeren Trossen, und die Fäden, aus welchen sie zusammengedreht sind, Garne, welche wiederum in Duchten zerfallen. Je nach seinem Gebrauch und seiner Größe hat das Tauwerk noch verschiedene Namen, das Ganze aber wird in stehendes und laufendes und in oberes und unteres Tauwerk eingeteilt. Das stehende Tauwerk ist an beiden Enden befestigt und muß fester geschlagen sein, damit es sich nicht dehnt. Das laufende geht durch die Blöcke und hat, wenn das eine Ende an einem Punkte liegt, einen stehenden Part, wie man es nennt. Das obere Tauwerk liegt über dem Mars und läuft nicht auf's Verdeck herab; das untere dagegen wird auf dem Deck gehandhabt. Zu dem stehenden Tauwerk gehören namentlich die Wanten, welche die Masten und Stengen nach den Seiten festhalten, aber auch zugleich, da Querleinen, Wefelinge genannt, in gewissen Entfernungen darüber geknüpft sind, als Leitern dienen, damit man auf die Masten, Rahen usw. gelangen kann. Ferner erwähne ich das große Stag, ein starkes Tau, welches den Mast von vorn hält; das große Kardeel mit seinem Drehreep, welches dazu dient, die große Rahe zu hissen und zu streichen; die großen Topenants, welche die Rahen in waagerechter Richtung halten; die großen Brassen, mittelst deren die Enden der Rahen, um diese zu wenden, vor- und rückwärtsgezogen werden; die großen Pardunen, welche den Zweck haben, die Stengen rückwärts zu halten, was die Wanten derselben, da sie nicht weit genug rückwärts stehen, nicht können; die großen Halsen

oder Taue, welche an die unteren Enden des großen Segels gebunden werden, um dasselbe gehörig nach vorn zu ziehen; die großen Schoten, welche ebenfalls an den beiden unteren Enden des Segels befestigt, aber dazu bestimmt sind, dasselbe nach hinten zu ziehen; die großen Bulienen oder Bugleinen, die in der Mitte der beiden Seitenkanten des Segels angebracht sind und dasselbe an der Windseite straff nach vorn spannen, damit es der Wind besser fassen kann; die großen Geitaue, mittelst deren die Rahsegel so aufgezogen werden, daß sie wie Gardinen an ihren Rahen hängen, damit man sie fassen und festmachen kann, und die Reepbänder oder kurze Taue, die durch die Löcher in den Segeln, Reeplöcher, gehen, und mittelst zweier Knoten darin befestigt sind, so daß sie vorn und hinten gleichweit vorragen. Die Stagsegel haben dreierlei Taue: das Fall zum Aufziehen, den Niederholer zum Niederlassen und die Schoten, um die untere lose Ecke, das Schothorn, rechts oder links anspannen zu können. Die Paarden sind Taue, die unter allen Rahen und unter dem Klüverbaum in halber Mannshöhe entfernt und in gewissen Zwischenräumen von senkrecht herabgehenden Hängern gehalten werden und dazu dienen, daß die Matrosen, wenn sie an den Rahen zu tun haben, an diese sich mit dem Oberleib stützend, darauf stehen können.

Um den Wind aufzufangen und mittelst desselben das Schiff fortzutreiben, hat man die Segel daran angebracht. Dieselben sind mit dem größten Scharfsinn angeordnet und so eingerichtet, daß man ihnen mittelst der Takelage mit großer Schnelligkeit und Sicherheit jede geeignete Stellung geben kann. Sie werden aus sehr dichtem, eigens dazu aus Hanf angefertigtem Segeltuch gemacht, und zwar in drei Stärken, so daß zu den unteren Segeln das stärkste verwendet wird; die obersten Segel macht man bisweilen aus bloßer Leinwand oder Baumwollenzeug. Ein Segel wird aus mehreren Breiten Segeltuch mit feinem, aber gut gedrehtem und geteertem Bindfaden, Segelgarn, von oben herab zusammengenäht. Jede Breite wird ein Kleid genannt. Die ganze Arbeit geschieht durch Matrosen, Segelmacher, auf der Segelbank. Der Saum des Segels wird zur Verstärkung mit feinem, leicht gewundenem Tau eingefaßt. An den Ecken und überall, wo Taue zum Ausspannen des Segels befestigt werden, sind eiserne Ringe, sogenannte Kauschen, eingesetzt. Bei den Rahsegeln heißen die Leiken an beiden Seiten stehende, das unterste das Unterleik und das oberste das

Ansicht des Oberdecks von einem Kriegsschiff

Rahleik. Unter dem letztern ist eine Reihe Löcher gemacht, durch welche kurze Leinen, die Rahbänder, zum Anbinden an die Rahe gezogen sind. Hier und überall, wo Löcher für die Reepbänder sind, ist das Segeltuch doppelt. Die dem Hinterteil des Schiffes zugekehrte Seite des Segels heißt die innere. Um die Rahen zu befestigen, dienen Ringe von Tauen, die sogenannten Raaklooten.

Die Größe, Form und Stellung der Segel ist sehr mannigfaltig. Die Rahsegel sind die vorzüglichsten und gewöhnlichsten, hängen an den Rahen und bilden ein Viereck, welches oben etwas schmaler ist als unten. Dann kommen die Stagsegel, die ein sehr verschobenes Viereck, fast ein Dreieck bilden. Sie werden mittelst kleiner Tauringe oder hölzerner Reifen an den Stagen auf- und niedergezogen. Die oberste Spitze heißt das Stock, die nach vorn gekehrte unten am Stag die Halse, die nach hinten gerichtete, in den Wind zu stellende, das Schothorn. Ein großes Kriegsschiff führt oft achtunddreißig und bisweilen noch mehr Segel, die aber nie alle zugleich aufgezogen sind, weil sie sonst eins das andere hindern oder doch manches unnütz machen würden.

An dem Haupt- oder Mittelmast eines Dreideckers kommen gewöhnlich folgende Segel vor: das große Segel, welches zwei Reihen Reepe hat, um es kleiner machen zu können; das große Marssegel mit drei Reihen Reepen, das große Bramsegel, das große Oberbramsegel, welches sich hinsichtlich seiner Größe zum Bramsegel ebenso verhält, wie dieses zum Marssegel, und über welchem zuweilen noch zwei kleine Stagsegel, zu jeder Seite der Stenge eines, angebracht werden; das große Stagsegel, welches dreieckig ist; das große Stengestagsegel, ebenfalls dreieckig; der große Marsflieger, der über dem vorigen Segel an einem in der Richtung des Stengestags gespannten Tau fliegt; das große Bramstengestagsegel, welches kleiner ist als der Marsflieger; der große Bramflieger; die großen Leesegel, welche zu beiden Seiten des großen Segels an den Leesegelspieren der großen Rahhängen und deren untere Enden an über Bord ausgelegten Spieren befestigt werden; die großen Marsleesegel; die großen Bramleesegel, welche man mit den vorigen zugleich aufzieht und, wenn der Wind zu heftig wird, vor die letzteren herabläßt, wo sie hängen bleiben, bis die Marsleesegel gestrichen werden, und die großen Wassersegel, welche man unter den großen Leesegeln nur bei sehr schwachem Wind und ruhiger See befestigt, weil sie sonst ins Wasser tauchen.

An den übrigen Masten und Stengen unterscheidet man das Focksegel, das Vormastsegel, das Vorbramsegel, das Voroberbramsegel, das Vorstagsegel, das Vorstengestagsegel, den Vorflieger, das Vorbramstengestagsegel, die Blinde, die Schiebblinde, die Fockleesegel, die Vormastleesegel, die Vorbramleesegel, die Vorwassersegel, das Besansegel, das Gaffel- oder

Gieksegel, das Kreuzsegel, das Kreuzbramsegel, auch »Gretchen am Dach« genannt, das Kreuzoberbramsegel, das Besanstagsegel, gewöhnlich der »Affe« genannt, das Kreuzstangestagsegel, das Kreuzbramstangestagsegel, den Kreuzflieger, die Kreuzleesegel, das Kreuzgaffelsegel, den Brodwinner oder Treiber, das hintere Wassersegel und außerdem noch einige unbedeutendere.

Welchen Flächenraum die Segel eines Schiffes einnehmen, kann man danach bemessen, wenn ich bemerke, daß auf einem Kriegsschiff ersten Ranges von 120 Kanonen das große Segel 96 Fuß breit und 45 Fuß lang ist, also eine Leinwandfläche von 4320 Quadratfuß bildet, während das kleinste Segel immer noch über 500 Quadratfuß Fläche hält.

Alle diese Rahen und Segel werden durch die unzähligen Taue, Takel, Reepe, Bulinen usw., welche der Matrose so genau inne hat, wie ein anderer das Einmaleins, mitten im größten Sturme mit einer Genauigkeit bewegt und gestellt, bei der es oft auf einige Zoll ankommt. Mit der größten Sicherheit klettern die Matrosen mitten im Sturm auf die Wanten und Rahen und laufen wie Katzen darauf herum.

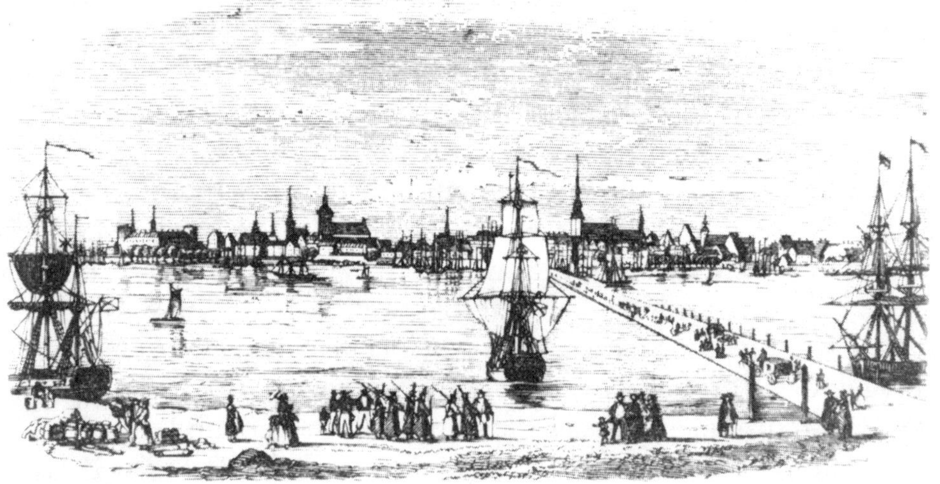

Sturm

Es wütet der Sturm,
Und er peitscht die Wellen,
Und die Welln, wutschäumend und bäumend,
Türmen sich auf, und es wogen lebendig
Die weißen Wasserberge,
Und das Schifflein erklimmt sie,
Hastig mühsam,
Und plötzlich stürzt es hinab
In schwarze, weitgähnende Flutabgründe –

O Meer!
Mutter der Schönheit, der Schaumentstiegenen!
Großmutter der Liebe! schone meiner!
Schon flattert, leichenwitternd,
Die weiße, gespenstische Möwe,
Und wetzt an dem Mastbaum den Schnabel,
Und lechzt, voll Fraßbegier, nach dem Herzen,
Das vom Ruhm deiner Tochter ertönt,
Und das dein Enkel, der kleine Schalk,
Zum Spielzeug erwählt.

Vergebens mein Bitten und Flehn!
Mein Rufen verhallt im tosenden Sturm,
Im Schlachtlärm der Winde.
Es braust und pfeift und prasselt und heult,
Wie ein Tollhaus von Tönen!

Und zwischendurch hör ich vernehmbar
Lockende Harfenlaute,
Sehnsuchtwilden Gesang,
Seelenschmelzend und seelenzerreißend,
Und ich erkenne die Stimme.

Fern an schottischer Felsenküste,
Wo das graue Schlößlein hinausragt
Über die brandende See,
Dort, am hochgewölbten Fenster,
Steht eine schöne, kranke Frau,
Zartdurchsichtig und marmorblaß,
Und sie spielt die Harfe und singt,
Und der Wind durchwühlt ihre langen Locken,
Und trägt ihr dunkles Lied
Über das weite, stürmende Meer.

Heinrich Heine (1797–1856)
aus: Die Nordsee, 2. Zyklus

Der junge Schiffer

Dort bläht ein Schliff die Segel,
Frisch saust hinein der Wind!
Der Anker wird gelichtet,
Das Steuer flugs gerichtet,
Nun fliegts hinaus geschwind.

Ein kühner Wasservogel
Kreist grüßend um den Mast,
Die Sonne brennt herunter,
Manch Fischlein, blank und munter,
Umgaukelt keck den Gast.

Wär gern hinein gesprungen,
Da draußen ist mein Reich!
Ich bin ja jung von Jahren,
Da ists mir nur ums Fahren,
Wohin? Das gilt mir gleich!

Friedrich Hebbel (1813—1863)

Die Geschichte von dem Gespensterschiff

Mein Vater hatte einen kleinen Laden in Balsora. Er war weder arm noch reich und einer von jenen Leuten, die nicht gerne etwas wagen aus Furcht, das Wenige zu verlieren, das sie haben. Er erzog mich schlicht und recht und brachte es bald so weit, daß ich ihm an die Hand gehen konnte. Gerade als ich achtzehn Jahre alt war, als er die erst größere Spekulation machte, starb er, wahrscheinlich aus Gram, tausend Goldstücke dem Meere anvertraut zu haben. Ich mußte ihn bald nachher wegen seines Todes glücklich preisen; denn wenige Wochen hernach lief die Nachricht ein, daß das Schiff, dem mein Vater seine Güter mitgegeben hatte, versunken sei. Meinen jugendlichen Mut konnte aber dieser Unfall nicht beugen. Ich machte alles vollends zu Geld, was mein Vater hinterlassen hatte, und zog aus, um in der Fremde mein Glück zu probieren, nur von einem alten Diener meines Vaters begleitet, der sich aus alter Anhänglichkeit nicht von mir und meinem Schicksal trennen wollte.

Im Hafen von Balsora schifften wir uns mit günstigem Winde ein. Das Schiff, auf dem ich mich eingemietet hatte, war nach Indien bestimmt. Wir waren schon fünfzehn Tage auf der gewöhnlichen Straße gefahren, als uns der Kapitän einen Sturm verkündete. Er machte ein bedenkliches Gesicht; denn es schien, er kenne in dieser Gegend das Fahrwasser nicht genug, um einem Sturm mit Ruhe begegnen zu können. Er ließ alle Segel einziehen, und wir trieben ganz langsam hin. Die Nacht war angebrochen, war hell und kalt, und der Kapitän glaubte schon, sich in den Anzeichen des Sturmes getäuscht zu haben. Auf einmal schwebte ein Schiff, das wir vorher nicht gesehen hatten, dicht an dem unsrigen vorbei. Wildes Jauchzen und Geschrei erscholl aus dem Verdeck herüber, worüber ich mich zu dieser angstvollen Stunde vor einem Sturm nicht wenig wunderte. Aber der Kapitän an meiner Seite wurde blaß wie der Tod. »Mein Schiff ist verloren«, rief er, »dort segelt der Tod.« Ehe ich ihn noch über diesen sonderbaren Ausruf befragen konnte, stürzten schon heulend und schreiend die Matrosen herein. »Habt ihr ihn gesehen?« schrien sie. »Jetzt ist's mit uns vorbei!«

Der Kapitän aber ließ Trostsprüche aus dem Koran vorlesen und setzte sich selbst ans Steuerruder. Aber vergebens! Zusehends brauste der Sturm auf, und ehe eine Stunde verging, krachte das Schiff und blieb sitzen. Die Boote wurden ausgesetzt, und kaum hatten sich die letzten Matrosen gerettet, so versank das Schiff vor unsern Augen, und als ein Bettler fuhr ich in die See hinaus. Aber der Jammer hatte noch kein Ende. Fürchterlicher tobte der Sturm, das Boot war nicht mehr zu regieren. Ich hatte meinen alten Diener fest umschlungen und wir versprachen uns, nie voneinander zu weichen. Endlich brach der Tag an; aber mit dem ersten Blick der Morgenröte faßte der Wind das Boot, in welchem wir saßen, und stürzte es um. Ich habe keinen meiner Schiffsleute mehr gesehen. Der Sturz hatte mich betäubt, und als ich aufwachte, befand ich mich in den Armen meines alten, treuen Dieners, der sich auf das umgeschlagene Boot gerettet und mich nachgezogen hatte. Der Sturm hatte sich gelegt. Von unserem Schiff war nichts mehr zu sehen; wohl aber entdeckten wir nicht weit von uns ein anderes Schiff, auf das die Wellen uns hintrieben. Als wir näher hinzukamen, erkannte ich das Schiff als dasselbe, das in der Nacht an uns vorbeifuhr, und welches den Kapitän so sehr in Schrecken gesetzt hatte. Ich empfand ein sonderbares Grauen vor diesem Schiff. Die Äußerung des Kapitäns, die sich so furchtbar bestätigt hatte, das öde Aussehen des Schiffes, auf dem sich, so nahe wir auch herankamen, so laut wir schrien, niemand zeigte, erschreckten mich. Doch es war unser einziges Rettungsmittel; darum priesen wir den Propheten, der uns so wundervoll erhalten hatte.

Am Vorderteil des Schiffes hing ein langes Tau herab. Mit Händen und Füßen ruderten wir darauf zu, um es zu erfassen. Endlich glückte es. Noch einmal erhob ich meine Stimme; aber immer blieb es still auf dem Schiff. Da klimmten wir an dem Tau hinauf, ich als der jüngste voran. Aber Entsetzen! Welches Schauspiel stellte sich meinem Auge dar, als ich das Verdeck betrat. Der Boden war mit Blut gerötet, zwanzig bis dreißig Leichname in türkischen Kleidern lagen auf dem Boden, am mittleren Mastbaum stand ein Mann, reich gekleidet, den Säbel in der Hand, aber das Gesicht war blaß und verzerrt, durch die Stirne ging ein großer Nagel, der ihn an den Mastbaum heftete; auch er war tot. Schrecken fesselte meine Schritte, ich wagte kaum zu atmen. Endlich war auch mein Begleiter heraufgekommen. Auch ihn überraschte der Anblick des Verdeckes, das gar nichts Lebendiges, sondern nur so viele schreckliche Tote zeigte. Wir wagten es endlich, nachdem wir in der Seelenangst zum

Johann Holst
Stürmisch
1925

Ludolf Bakhuizen
Holländische Kriegsschiffe
16. Jahrhundert

Propheten gefleht hatten, weiter vorzuschreiten. Bei jedem Schritte sahen wir uns um, ob nicht etwas Neues, noch Schrecklicheres sich darbiete. Aber alles blieb, wie es war. Weit und breit nichts Lebendiges als wir und das Weltmeer. Nicht einmal laut zu sprechen wagten wir, aus Furcht, der tote, am Mast angespießte Kapitano möchte seine starren Augen nach uns hindrehen, oder einer der Getöteten möchte seinen Kopf umwenden. Endlich waren wir bis an eine Treppe gekommen, die in den Schiffsraum führte. Unwillkürlich machten wir dort halt und sahen einander an, denn keiner wagte es recht, seine Gedanken zu äußern.

»O Herr«, sprach mein treuer Diener, »hier ist etwas Schreckliches geschehen. Doch wenn auch das Schiff da unten voll Mörder steckt, so will ich mich ihnen doch lieber auf Gnade und Ungnade ergeben, als längere Zeit unter diesen Toten zubringen.« Ich dachte wie er; wir faßten ein Herz und stiegen voll Erwartung hinunter. Totenstille war aber auch hier, und nur unsere Schritte hallten auf der Treppe. Wir standen an der Türe der Kajüte. Ich legte mein Ohr an die Türe und lauschte; es war nichts zu hören. Ich machte auf. Das Gemach bot einen unordentlichen Anblick dar. Kleider, Waffen und anderes Geräte lag untereinander. Nichts in Ordnung. Die Mannschaft oder wenigstens der Kapitano mußte vor kurzem gezecht haben, denn es lag alles noch umher. Wir gingen weiter von Raum zu Raum, von Gemach zu Gemach; überall fanden wir herrliche Vorräte in Seide, Perlen, Zucker usw. Ich war vor Freude über diesen Anblick außer mir, denn da niemand auf dem Schiff war, glaubte ich, alles mir zueignen zu dürfen; Ibrahim aber machte mich aufmerksam darauf, daß wir wahrscheinlich noch sehr weit vom Land seien, wohin wir allein und ohne menschliche Hilfe nicht kommen könnten.

Wir labten uns an den Speisen und Getränken, die wir in reichlichem Maß vorfanden, und stiegen endlich wieder aufs Verdeck. Aber hier schauderte uns immer die Haut ob dem schrecklichen Anblick der Leichen. Wir beschlossen, uns davon zu befreien und sie über Bord zu werfen. Aber wie schauerlich ward uns zumute, als wir fanden, daß sich keiner aus seiner Lage bewegen ließ. Wie festgebannt lagen sie am Boden, und man hätte den Boden des Verdecks ausheben müssen, um sie zu entfernen, und dazu gebrach es uns an Werkzeugen. Auch der Kapitano ließ sich nicht von seinem Mast losmachen; nicht einmal seinen

Säbel konnten wir der starren Hand entwinden. Wir brachten den Tag in trauriger Betrachtung unserer Lage zu, und als es Nacht zu werden anfing, erlaubte ich dem alten Ibrahim, sich schlafen zu legen; ich selbst aber wollte auf dem Verdeck wachen, um nach Rettung auszuspähen. Als aber der Mond heraufkam und ich nach den Gestirnen berechnete, daß es wohl um die elfte Stunde sei, überfiel mich so ein unwiderstehlicher Schlaf, daß ich unwillkürlich hinter ein Faß, das auf dem Verdeck stand, zurückfiel. Doch war es mehr Betäubung als Schlaf, denn ich hörte deutlich die See an der Seite des Schiffes anschlagen und die Segel vom Winde knarren und pfeifen. Auf einmal glaubte ich Stimmen und Männertritte auf dem Verdeck zu hören. Ich wollte mich aufrichten, um danach zu schauen. Aber eine unsichtbare Gewalt hielt meine Glieder gefesselt; nicht einmal die Augen konnte ich aufschlagen. Aber immer deutlicher wurden die Stimmen; es war mir, als wenn ein fröhliches Schiffsvolk auf dem Verdeck sich umhertriebe. Mitunter glaubte ich, die kräftige Stimme eines Befehlenden zu hören; auch hörte ich Taue und Segel deutlich auf- und abziehen. Nach und nach aber schwanden mir die Sinne, ich verfiel in einen tieferen Schlaf, in dem ich nur noch ein Geräusch von Waffen zu hören glaubte, und erwachte erst, als die Sonne schon hoch stand und mir aufs Gesicht brannte. Verwundert schaute ich mich um; Sturm, Schiff, die Toten und was ich in dieser Nacht gehört hatte, kam mir wie ein Traum vor; aber als ich aufblickte, fand ich alles wie gestern. Unbeweglich lagen die Toten, unbeweglich war der Kapitano an den Mastbaum geheftet. Ich lachte über meinen Traum und stand auf, um meinen Alten zu suchen.

Dieser saß ganz nachdenklich in der Kajüte. »O Herr!« rief er aus, als ich zu ihm hereintrat, »ich wollte lieber im tiefsten Grund des Meeres liegen, als in diesem verhexten Schiff noch eine Nacht zubringen.« Ich fragte ihn nach der Ursache seines Kummers, und er antwortete mir: »Als ich einige Stunden geschlafen hatte, wachte ich auf und vernahm, wie man über meinem Haupt hin- und herlief. Ich dachte zuerst, Ihr wäret es; aber es waren wenigstens zwanzig, die oben umherliefen; auch hörte ich rufen und schreien. Endlich kamen schwere Tritte die Treppe herab. Da wußte ich nichts mehr von mir, nur hie und da kehrte auf einige Augenblicke meine Besinnung zurück, und da sah ich dann denselben Mann, der oben am

Mast angenagelt ist, an jenem Tisch dort sitzen, singend und trinkend; aber der, der in einem roten Scharlachkleid nicht weit von ihm am Boden liegt, saß neben ihm und half ihm trinken.« Also erzählte mir mein alter Diener.

Ihr könnt es mir glauben, meine Freunde, daß mir gar nicht wohl zumute war, denn es war keine Täuschung, ich hatte ja auch die Toten gar wohl gehöret. In solcher Gesellschaft zu schiffen, war mir greulich. Mein Ibrahim aber versank wieder in tiefes Nachdenken. »Jetzt hab' ich's!« rief er endlich aus; es fiel ihm nämlich ein Sprüchlein ein, das ihn sein Großvater, ein erfahrener, weitgereister Mann, gelehrt hatte, und das gegen jeden Geister- und Zauberspuk helfen sollte; auch behauptete er, jenen unnatürlichen Schlaf, der uns befiel, in der nächsten Nacht verhindern zu können, wenn wir nämlich recht eifrig Sprüche aus dem Koran beteten. Der Vorschlag des alten Mannes gefiel mir wohl. In banger Erwartung sahen wir die Nacht herankommen. Neben der Kajüte war ein kleines Kämmerchen; dorthin beschlossen wir uns zurückzuziehen. Wir bohrten mehrere Löcher in die Türe, hinlänglich

groß, um durch sie die ganze Kajüte zu überschauen; dann verschlossen wir die Türe, so gut es ging, von innen, und Ibrahim schrieb den Namen des Propheten in alle vier Ecken. So erwarteten wir die Schrecken der Nacht. Es mochte wieder ungefähr elf Uhr sein, als es mich gewaltig zu schläfern anfing. Mein Gefährte riet mir daher, einige Sprüche des Korans zu beten, was mir auch half. Mit einem Male schien es oben lebhaft zu werden; die Taue knarrten, Schritte gingen über das Verdeck, und mehrere Stimmen waren deutlich zu unterscheiden. Mehrere Minuten hatten wir so in gespannter Erwartung gesessen, da hörten wir etwas die Treppe der Kajüte herabkommen. Als dies der Alte hörte, fing er an, seinen Spruch, den ihn sein Großvater gegen Spuk und Zauberei gelehrt hatte, herzusagen:

»Kommt ihr herab aus der Luft,
Steigt ihr aus tiefem Meer,
Schlieft ihr in dunkler Gruft,
Stammt ihr vom Feuer her;
Allah ist euer Herr und Meister,
Ihm sind gehorsam alle Geister.«

Ich muß gestehen, ich glaubte gar nicht recht an diesen Spruch, und mir stieg das Haar zu Berg, als die Türe aufflog. Herein trat jener große, stattliche Mann, den ich am Mastbaum angenagelt gesehen hatte. Der Nagel ging ihm auch jetzt mitten durchs Hirn; das Schwert aber hatte er in die Scheide gesteckt; hinter ihm trat noch ein anderer herein, weniger kostbar gekleidet; auch ihn hatte ich oben liegen sehen. Der Kapitano, denn dies war er unverkennbar, hatte ein bleiches Gesicht, einen großen schwarzen Bart, wildrollende Augen, mit denen er sich im ganzen Gemach umsah. Ich konnte ihn ganz deutlich sehen, als er an unserer Türe vorüberging; er aber schien gar nicht auf die Türe zu achten, die uns verbarg. Beide setzten sich an den Tisch, der in der Mitte der Kajüte stand, und sprachen laut und fast schreiend miteinander in einer unbekannten Sprache. Sie wurden immer lauter und eifriger, bis endlich der Kapitano mit geballter Faust auf den Tisch hineinschlug, daß das Zimmer dröhnte. Mit wildem Gelächter sprang der andere auf und winkte dem Kapitano, ihm zu folgen. Dieser stand auf, riß seinen Säbel aus der Scheide, und beide verließen das Gemach. Wir atmeten freier, als sie weg waren; aber unsere Angst hatte noch lange kein Ende. Immer lauter und lauter ward es auf dem Verdeck. Man hörte eilends hin- und herlaufen und schreien, lachen und heulen. Endlich ging ein wahrhaft höllischer Lärm los, so daß wir glaubten, das Verdeck mit allen Segeln komme zu uns herab, Waffengeklirr und Geschrei – auf einmal aber tiefe Stille. Als wir es nach vielen Stunden wagten, hinaufzugehen, trafen wir alles wie sonst; nicht einer lag anders als früher. Alle waren steif wie Holz.

So waren wir mehrere Tage auf dem Schiffe; es ging immer nach Osten, wohin zu, nach meiner Berechnung, Land liegen mußte; aber wenn es auch bei Tag viele Meilen zurückgelegt hatte, bei Nacht schien es immer wieder zurückzukehren, denn wir befanden uns immer wieder am nämlichen Fleck, wenn die Sonne aufging. Wir konnten uns dies nicht anders erklären, als daß die Toten jede Nacht mit vollem Winde zurücksegelten. Um nun dies zu verhüten, zogen wir, ehe es Nacht wurde, alle Segel ein und wandten dasselbe Mittel an, wie bei der Türe in der Kajüte; wir schrieben den Namen des Propheten auf Pergament und auch das Sprüchlein des Großvaters dazu, und banden es um die eingezogenen Segel. Ängstlich warteten wir in unserem Kämmerchen den Erfolg ab. Der Spuk schien diesmal noch ärger zu toben; aber siehe, am anderen Morgen waren die Segel noch aufgerollt, wie wir sie verlassen hatten. Wir spannten den Tag über nur so viele Segel auf, als nötig waren, das Schiff sanft fortzutreiben, und so legten wir in fünf Tagen eine gute Strecke zurück.

Endlich, am Morgen des sechsten Tages, entdeckten wir in geringer Ferne Land, und wir dankten Allah und seinem Propheten für unsere wunderbare Rettung. Diesen Tag und die folgende Nacht trieben wir an einer Küste hin, und am siebenten Morgen glaubten wir in geringer Entfernung eine Stadt zu entdecken; wir ließen mit viel Mühe einen Anker in die See, der alsobald Grund faßte, setzten ein kleines Boot, das auf dem Verdeck stand, aus und ruderten mit aller Macht der Stadt zu. Nach einer halben Stunde liefen wir in einen Fluß ein, der sich an die See ergoß, und stiegen ans Ufer. Im Stadttor erkundigten wir uns, wie die Stadt heiße, und erfuhren, daß es eine indische Stadt sei, nicht weit von der Gegend, wohin ich zuerst zu schiffen willens war. Wir begaben uns in eine Karawanserei und erfrischten uns von unserer abenteuerlichen Reise. Ich forschte daselbst auch nach einem weisen und ver-

ständigen Manne, indem ich dem Wirt zu verstehen gab, daß ich einen solchen haben möchte, der sich ein wenig auf Zauberei verstehe. Er führte mich in eine abgelegene Straße, an ein unscheinbares Haus, pochte an, und man ließ mich eintreten mit der Weisung, ich solle nur nach Muley fragen.

In dem Hause kam mir ein altes Männlein mit grauem Bart und langer Nase entgegen und fragte nach meinem Begehr. Ich sagte ihm, ich suche den weisen Muley, und er antwortete mir, er sei es selbst. Ich fragte ihn nun um Rat, was ich mit den Toten machen solle, und wie ich es angreifen müsse, um sie aus dem Schiff zu bringen. Er antwortete mir, die Leute des Schiffes seien wahrscheinlich wegen irgendeines Frevels auf das Meer verzaubert; er glaube, der Zauber werde sich lösen, wenn man sie ans Land bringe; dies könne aber nicht geschehen, als wenn man die Bretter, auf denen sie lägen, losmache. Mir gehöre von Gott und Rechts wegen das Schiff samt allen Gütern, weil ich es gleichsam gefunden habe; doch solle ich alles sehr geheim halten und ihm ein kleines Geschenk von meinem Überfluß machen; er wolle dafür mit seinen Sklaven mir behilflich sein, die Toten wegzuschaffen. Ich versprach, ihn reichlich zu belohnen, und wir machten uns mit fünf Sklaven, die mit Sägen und Beilen versehen waren, auf den Weg. Unterwegs konnte der Zauberer Muley unseren glücklichen Einfall, die Segel mit den Sprüchen des Korans zu umwinden, nicht genug loben. Er sagte, es sei dies das einzige Mittel gewesen, uns zu retten.

Es war noch ziemlich früh am Tage, als wir beim Schiff ankamen. Wir machten uns alle sogleich ans Werk, und in einer Stunde lagen schon vier in dem Nachen. Einige der Sklaven mußten sie ans Land rudern, um sie dort zu verscharren. Sie erzählten, als sie zurückkamen, die Toten haben ihnen die Mühe des Begrabens erspart, indem sie, sowie man sie auf die Erde gelegt habe, in Staub zerfallen seien. Wir fuhren fort, die Toten abzusägen, und bis vor Abend waren alle an Land gebracht. Es war endlich keiner mehr an Bord als der, welcher am Mast angenagelt war. Umsonst suchten wir den Nagel aus dem Holze zu ziehen; keine Gewalt vermochte ihn auch nur ein Haar breit zu verrücken. Ich wußte nicht, was anzufangen war; man konnte doch nicht den Mastbaum abhauen, um ihn ans Land zu führen. Doch aus dieser Verlegenheit half Muley. Er ließ schnell einen Sklaven ans Land rudern, um einen Topf mit Erde zu bringen. Als dieser herbeigeholt war, sprach der Zauberer geheimnisvolle Worte darüber aus und schüttete die Erde auf das Haupt des Toten. Sogleich schlug dieser die Augen auf, holte tief Atem, und die Wunde des Nagels in seiner Stirne fing an zu bluten. Wir zogen den Nagel jetzt leicht heraus, und der Verwundete fiel einem der Sklaven in die Arme.

»Wer hat mich hierher geführt?« sprach er, nachdem er sich ein wenig erholt zu haben schien. Muley zeigte auf mich, und ich trat zu ihm. »Dank dir, unbekannter Fremdling, du

hast mich von langen Qualen errettet. Seit fünfzig Jahren schifft mein Leib durch diese Wogen, und mein Geist war verdammt, jede Nacht in ihn zurückzukehren. Aber jetzt hat mein Haupt die Erde berührt, und ich kann versöhnt zu meinen Vätern gehen.« Ich bat ihn, uns doch zu sagen, wie er zu diesem schrecklichen Zustand gekommen sei, und er sprach: »Vor fünfzig Jahren war ich ein mächtiger, angesehener Mann und wohnte in Algier; die Sucht nach Gewinn trieb mich, ein Schiff auszurüsten und Seeraub zu treiben. Ich hatte dieses Geschäft schon einige Zeit fortgeführt; da nahm ich einmal auf Zante einen Derwisch an Bord, der umsonst reisen wollte. Ich und meine Gesellen waren rohe Leute und achteten nicht auf die Heiligkeit des Mannes; vielmehr trieb ich mein Gespött mit ihm. Als er aber einst in heiligem Eifer mir meinen sündigen Lebenswandel verwiesen hatte, übermannte mich nachts in meiner Kajüte, als ich mit meinem Steuermann viel getrunken hatte, der Zorn. Wütend über das, was mir ein Derwisch gesagt hatte und was ich mir von keinem Sultan hätte sagen lassen, stürzte ich aufs Verdeck und stieß ihm meinen Dolch in die Brust. Sterbend verwünschte er mich und meine Mannschaft, nicht sterben und nicht leben zu können, bis wir unser Haupt auf die Erde legen. Der Derwisch starb, und wir warfen ihn in die See und verlachten seine Drohungen. Aber noch in derselben Nacht erfüllten sich seine Worte. Ein Teil meiner Mannschaft empörte sich gegen mich. Mit fürchterlicher Wut wurde gestritten, bis meine Anhänger unterlagen und ich an den Mast genagelt wurde. Aber auch die Empörer unterlagen ihren Wunden, und bald war mein Schiff nur ein großes Grab. Auch mir brachen die Augen, mein Atem hielt an, und ich meinte zu sterben. Aber es war nur eine Erstarrung, die mich gefesselt hielt; in der nächsten Nacht, zur nämlichen Stunde, da wir den Derwisch in die See geworfen, erwachte ich und alle meine Genossen; das Leben war zurückgekehrt; aber wir konnten nichts tun und sprechen als was wir in jener Nacht gesprochen und getan hatten. So segeln wir seit fünfzig Jahren, können nicht leben und nicht sterben; denn wie konnten wir das Land erreichen? Mit toller Freude segelten wir allemal mit vollen Segeln in den Sturm, weil wir hofften, endlich an einer Klippe zu zerschellen und das müde Haupt auf dem Grund des Meeres zur Ruhe zu legen. Es ist uns nicht gelungen. Jetzt aber werde ich sterben. Noch einmal meinen Dank, unbekannter Retter! Wenn Schätze dich lohnen können, so nimm mein Schiff als Zeichen meiner Dankbarkeit!«

Der Kapitano ließ sein Haupt sinken, als er so gesprochen hatte, und verschied. Sogleich zerfiel er auch, wie seine Gefährten, in Staub. Wir sammelten diesen in ein Kästchen und begruben ihn am Lande; aus der Stadt nahm ich aber Arbeiter, die mir mein Schiff in guten Zustand setzten. Nachdem ich die Waren, die ich an Bord hatte, gegen andere mit großem Gewinn eingetauscht hatte, mietete ich Matrosen, beschenkte meinen Freund Muley reichlich und schiffte mich nach meinem Vaterlande ein. Ich machte aber einen Umweg, indem ich an vielen Inseln und Ländern landete und meine Waren zu Markt brachte. Der Prophet segnete mein Unternehmen. Nach dreiviertel Jahren lief ich, noch einmal so reich, als mich der sterbende Kapitän gemacht hatte, in Balsora ein. Meine Mitbürger waren erstaunt über meine Reichtümer und mein Glück und glaubten nicht anders, als ich habe das Diamantental des berühmten Reisenden Sindbad gefunden. Ich ließ sie in ihrem Glauben; von nun an aber mußten die jungen Leute von Balsora, wenn sie kaum achtzehn Jahre alt waren, in die Welt hinaus, um gleich mir ihr Glück zu machen. Ich aber lebte ruhig und in Frieden, und alle fünf Jahre mache ich eine Reise nach Mekka, um dem Herrn an heiliger Stätte für seinen Segen zu danken und für den Kapitano und seine Leute zu bitten, daß er sie in sein Paradies aufnehme.

Wilhelm Hauff (1802 – 1827)

Die Vergeltung

I

Der Kapitän steht an der Spiere,
Das Fernrohr in gebräunter Hand,
Dem schwarzgelockten Passagiere
Hat er den Rücken zugewandt.
Nach einem Wolkenstreif in Sinnen
Die beiden wie zwei Pfeiler sehn,
Der Fremde spricht: »Was braut da drinnen?« –
»Der Teufel«, brummt der Kapitän.

Da hebt von morschen Balkens Trümmer
Ein Kranker seine feuchte Stirn,
Des Äthers Blau, der See Geflimmer,
Ach, alles quält sein fiebernd Hirn!
Er läßt die Blicke, schwer und düster,
Entlängs dem harten Pfühle gehn,
Die eingegrabnen Worte liest er:
»Batavia. Fünfhundertzehn.«

Die Wolke steigt, zur Mittagsstunde
Das Schiff ächzt auf der Wellen Höhn,
Gezisch, Geheul aus wüstem Grunde,
Die Bohlen weichen mit Gestöhn.
»Jesus, Marie! wir sind verloren!«
Vom Mast geschleudert der Matros,
Ein dumpfer Krach in aller Ohren,
Und langsam löst der Bau sich los.

Noch liegt der Kranke am Verdecke,
Um seinen Balken festgeklemmt,
Da kömmt die Flut, und eine Strecke
Wird er ins wüste Meer geschwemmt.
Was nicht geläng der Kräfte Sporne,
Das leistet ihm der starre Krampf,
Und wie ein Narwal mit dem Horne
Schießt fort er durch der Wellen Dampf.

Wie lange so? – er weiß es nimmer,
Dann trifft ein Strahl des Auges Ball,
Und langsam schwimmt er mit der Trümmer
Auf ödem glitzerndem Kristall.
Das Schiff! – die Mannschaft! – sie versanken.
Doch nein, dort auf der Wasserbahn,
Dort sieht den Passagier er schwanken
In einer Kiste morschem Kahn.

Armselige Lade! sie wird sinken,
Er strengt die heisre Stimme an:
»Nur grade! Freund, du drückst zur Linken!«
Und immer näher schwankts heran,
Und immer näher treibt die Trümmer,
Wie ein verwehtes Möwennest;
»Courage!« ruft der kranke Schwimmer,
»Mich dünkt, ich sehe Land im West!«

Nun rühren sich der Fähren Ende,
Er sieht des fremden Auges Blitz,
Da plötzlich fühlt er starke Hände,
Fühlt wütend sich gezerrt vom Sitz.
»Barmherzigkeit! Ich kann nicht kämpfen!«
Er klammert dort, er klemmt sich hier,
Ein heisrer Schrei, den Wellen dämpfen,
Am Balken schwimmt der Passagier.

Dann hat er kräftig sich geschwungen
Und schaukelt durch das öde Blau,
Er sieht das Land wie Dämmerungen
Enttauchen und zergehn in Grau.
Noch lange ist er so geschwommen,
Umflattert von der Möwe Schrei,
Dann hat ein Schiff ihn aufgenommen,
Viktoria! nun ist er frei!

II

Drei kurze Monde sind verronnen,
Und die Fregatte liegt am Strand,
Wo mittags sich die Robben sonnen,
Und Bursche klettern übern Rand,
Den Mädchen ists ein Abenteuer,
Es zu erschaun vom fernen Riff,
Denn noch zerstört, ist nicht geheuer
Das greuliche Korsarenschiff.

Und vor der Stadt, da ist ein Waten,
Ein Wühlen durch das Kiesgeschrill,
Da die verrufenen Piraten
Ein jeder sterben sehen will.
Aus Strandgebälken, morsch, zertrümmert,
Hat man den Galgen, dicht am Meer,
In wüster Eile aufgezimmert.
Dort dräut er von der Düne her!

Welch ein Getümmel an den Schranken!
»Da kömmt der Frei – der Hessel jetzt –
Da bringen sie den schwarzen Franken,
Der hat geleugnet bis zuletzt.« –
»Schiffbrüchig sei er hergeschwommen«,
Höhnt eine Alte, »ei, wie kühn!
Doch keiner sprach zu seinem Frommen,
Die ganze Bande gegen ihn.«

Der Passagier, am Galgen stehend,
Hohläugig, mit zerbrochnem Mut,
Zu jedem Räuber flüstert flehend:
»Was tat dir mein unschuldig Blut?
Barmherzigkeit! – So muß ich sterben
Durch des Gesindels Lügenwort,
O, mög die Seele euch verderben!«
Da zieht ihn schon der Scherge fort.

Er sieht die Menge wogend spalten –
Er hört das Summen im Gewühl –
Nun weiß er, daß des Himmels Walten
Nur seiner Pfaffen Gaukelspiel!
Und als er in des Hohnes Stolze
Will starren nach den Ätherhöhn,
Da liest er an des Galgens Holze:
»Batavia. Fünfhundertzehn.«

Annette von Droste-Hülshoff (1797 – 1848)

Briefe und Zeichnungen eines Schiffsmatrosen

Hamburg, 31. Okt. 1860

Ich kann Euch jetzt alles schreiben, was ihr gewiß gern wissen möchtet. Mein Schiff ist das größte im ganzen Hafen. Es ist der Dreimaster »Aequator«, ein Bremer Schiff. Der Kapitän heißt Thülen. Ein sehr guter, netter und wohlbeleibter alter Herr. Lieber Vater, wenn Du Dir ihn vorstellen willst, so brauchst Du bloß Dokter Stolten anzusehen, dann hast Du das ganze Gesicht, die ganze Figur und denselben Gang. Heute war ich zu ihm, er schrieb mich auf, morgen werde ich beim Consul gemustert und gehe dann an Bord. Wir fahren zuerst nach England mit Ballast, dort nehmen wir Ladung ein, und gehen dann weiter. Heute habe ich mir, in Begleitung des Herrn Cornelsen, meine Sachen gekauft. Und denkt Euch, denn meine Ausstattung ist sehr wichtig und gut, ich habe noch 37 Thl übrig behalten. Davon bekömmt nun noch Herr Cornelsen 17 Thl. Dann bleiben mir noch 20 Thl. Ich bin also prächtig mit Deinem Gelde ausgekommen, liebe Mutter, und danke Dir nochmals, daß Du so gut warst, mir dies zu schenken. Du brauchst keine Angst mehr um mich zu haben, ich bin in guten Händen und werde nächstens wieder bei Euch sein. Ich habe mir vier wollene Hemden gekauft, worunter ein knallrotes ist, dann eine große grüne Seekiste, ein Ölanzug, eine schottische Mütze, ein paar blaue Düffelhosen, 2 paar englisch lederne Hosen, 1 Paar Handschuh, ein Südwester, ein blaues Überwurfkittel, ein Zeugsack für schmutzige Wäsche, 1 Matratze mit Kissen, eine doppelte wollene Decke, ein Riemen nebst Scheide und 2 Messer und dieses alles kostet bloß 39 Thl und einige Schillinge, sehr billig nicht wahr? In England werden wir wohl einige Zeit bleiben, und ich werde noch Zeit erübrigen können, Euch zu schreiben. Sagt doch Oskarn, daß der Buchhändler Glogau nicht Fuhlenwiete sondern Burstal-N° 57 wohnt. Mehrere Tage hatten wir hier eine Schildwache vor der Tür, weil hier unten im Keller Leute wohnen, die die Miete nicht bezahlen konnten und sich nun heimlich mit ihren Sachen aus dem Staube machen wollten; um dies zu verhindern, stand der Posten Tag und Nacht.

Paul Meweß

Columbus
(12. Oktober 1492)

Nicht mehr die Salzluft, nicht die öden Meere,
drauf Winde stürmen hin mit schwarzem Schall.
Nicht mehr der großen Horizonte Leere,
draus langsam kroch des runden Mondes Ball.

Schon fliegen große Vögel auf den Wassern
mit wunderbarem Fittich blau beschwingt.
Und weiße Riesenschwäne mit dem blassern
Gefieder sanft, das süß wie Harfen klingt.

Schon tauchen andre Sterne auf in Chören,
die stumm wie Fische an dem Himmel ziehn.
Die müden Schiffer schlafen, die betören
die Winde, schwer von brennendem Jasmin.

Am Bugspriet vorne träumt der Genueser
in Nacht hinaus, wo ihm zu Füßen blähn
im grünen Wasser Blumen, dünn wie Gläser,
und tief im Grund die weißen Orchideen.

Im Nachtgewölke spiegeln große Städte,
fern, weit, in goldnen Himmeln wolkenlos,
und wie ein Traum versunkner Abendröte
die goldnen Tempeldächer Mexikos.

Das Wolkenspiel versinkt im Meer. Doch ferne
zittert ein Licht im Wasser weiß empor.
Ein kleines Feuer, zart gleich einem Sterne.
Dort schlummert noch in Frieden Salvador.

Georg Heym (1887 – 1912)

Der Indische Ozean gerät in Wut

Bisher hatte der Westwind die Fahrt der Duncan beschleunigt, doch seit einigen Tagen hatte er nachgelassen; allmählich legte er sich, und blieb am 13. Dezember ganz aus. Schlaff hingen die Segel von den Masten herab. Von der Flaute wäre die Duncan ohne ihre starke Schraube lahm gelegt worden.

Diese Witterungsverhältnisse konnten noch einige Zeit andauern. Am Abend sprach Glenarvan darüber mit John Mangles. Der junge Kapitän, der seine Kohlenvorräte abnehmen sah, schien ziemlich verärgert. Er hatte alle Segel und sogar die Stagsegel gehißt, um den kleinsten Windhauch ausnützen zu können. Aber, wie die Matrosen sich ausdrücken, es gab nicht einmal eine Mütze voll Wind.

»Wir dürfen uns auf jeden Fall nicht zu sehr beklagen«, meinte Glenarvan, »eine Flaute ist besser als Gegenwind.«

»Damit haben Euer Gnaden recht«, erwiderte John Mangles. »Doch bringen häufig auftretende Flauten einen Wetterumschlag mit sich. Wir kreuzen hier an der Grenze der Monsune. Von Oktober bis April weht der Monsun aus Nordosten; wenn er uns auch keinen Schaden zufügt, so wird er uns doch sehr aufhalten.

»Nichts zu machen, John. Falls wir dieses Pech haben sollten, müssen wir uns damit abfinden. Es bedeutet ja schließlich nur eine Verzögerung.«

»Sicherlich, außer wir geraten in heftige Stürme.«

»Rechnen Sie mit schlechtem Wetter?« fragte Glenarvan und blickte prüfend zum Himmel hoch, der vom Zenit bis zum Horizont von Wolken frei war.

»Es sind bedrohliche Anzeichen für schlechtes Wetter vorhanden. Sie dürfen dem Aussehen des Mondes nicht trauen, Mylord. Nichts ist trügerischer. Seit zwei Tagen fällt das Barometer auf ängstigende Weise; im Augenblick steht es auf 27 Zoll. Dies ist ein Vorzeichen, das nicht unbeachtet bleiben darf. Ich fürchte vor allem die Wutausbrüche des südlichen Ozeans, denn ich habe mit ihnen schon kämpfen müssen. Der Dunst, welcher auf die Riesengletscher des Südpols herabsinkt, bewirkt Luftbewegungen von ungeheurer Wucht.

So entsteht ein Kampf zwischen Polar- und Äquatorialwinden, aus denen Zyklone, Tornados und viele Arten von Stürmen entstehen, gegen welche Schiffe einen schweren Stand haben.«

»John blieb während der ganzen Nacht auf der Kommandobrücke. Gegen elf Uhr verfinsterte sich der Himmel im Osten. John holte alle Mann an Deck und hieß sämtliche kleinen Segel reffen. Gegen Mitternacht frischte der Wind auf. Er blies mit voller Gewalt, das heißt er trieb die Luft in einer Geschwindigkeit von sechs Klaftern in der Sekunde vor sich her. Das Krachen der Maste, das Aufschlagen der Taue, das Geräusch der klatschenden Segel, die sich zuweilen in den Saumtauen verfingen, das Ächzen der Schiffsplanken machte den Passagieren ihre Lage deutlich. Paganel, Glenarvan, der Major und Robert begaben sich auf die Kommandobrücke, die einen aus Neugier, die anderen bereit zu helfen. Am Himmel, der am Abend sternenklar gewesen war, jagten dichte, mit hellen Streifen durchsetzte Wolken, die dem Fell der Leoparden glichen.

»Der Orkan?« fragte Glenarvan. Er wandte sich gelassen an John Mangles.

»Noch nicht, aber es ist bald soweit«, erwiderte der Kapitän.

Gleichzeitig befahl er, das untere Topsegel zu streichen. Die Matrosen stürzten sich in die Windwebeleinen und verringerten nicht ohne Mühen die Segelfläche; sie wickelten alle Leinwand auf die Rahe. John Mangles hielt es für richtig, so viele Segel als möglich gesetzt zu lassen, um dadurch die Jacht abzustützen und ihr Schlingern zu schwächen.

Nachdem er diese Vorsichtsmaßnahmen getroffen hatte, gab er Austin und dem Schiffszeugmeister die Anweisungen, die nötig waren, um dem Ansturm des Orkans, der sehr bald losbrechen würde, zu begegnen. Die Seisinge der Boote und die Taue der Schaluppe wurden verdoppelt, die Taljen beim Geschütz verstärkt, die Wanten und Pardunen versteift und die Luken vernagelt. John verließ nicht das Deck; er stand wie ein Offizier beim Sturmangriff an der Windseite und bemühte sich, dem gewitterschwülen Himmel dessen Geheimnisse zu entreißen. Das Barometer war schon auf 26 Zoll gefallen, ein Tiefstand, der nur höchst selten erreicht wird; es wies auf Sturm.

Die Matrosen hasteten an ihre Posten; alles geschah mit einem Getöse, welches den Aufruhr des Himmels noch übertönte. Die Duncan, deren Schornstein dicke schwarze Rauchwolken spie, peitschte das Meer mit den Flügeln ihrer Schiffsschraube, welche ab und zu aus den Wellen herausragten.

Die Entdeckung der Magelhaens-Straße um 1520
Illustration aus dem 19. Jahrhundert

Nächste Seite
Robert Salmon
Boton Harbor
19. Jahrhundert

Glenarvan, der Major, Paganel und Robert beobachteten mit einer mit Entsetzen verknüpften Bewunderung den Kampf der Duncan mit den Wellen; sie hielten sich an den Beleghölzern fest, ohne ein einziges Wort miteinander wechseln zu können. Sie starrten auf die großen Schwärme der Sturmvögel, die unheimlichen Begleiter der Orkans, welche sich über dem Aufruhr in der Luft tummelten.

In diesem Augenblick wurde das Heulen des Sturmes übertönt von einem ohrenbetäubenden Pfeifen. Der Dampf entwich wie rasend, nicht aus dem Abweichrohr, sondern aus den Ventilen des Dampfkessels; die Alarmpfeife gellte mit ungewohnter Lautstärke. Die Jacht legte sich jäh bedrohlich zur Seite, und Wilson, der am Steuerrad stand, wurde von einem plötzlichen Schlag der Ruderpinne zu Boden geschleudert. Die Duncan legte sich quer zu den Wellen. Dem Steuer gehorchte sie nicht mehr.

»Was ist geschehen?« schrie John Mangles und hastete auf die Brücke.

»Das Schiff legt sich auf die Seite!« schrie Tom Austin.

»Versagt das Steuer?«

»An die Kessel, an die Kessel!« brüllte der Maschinist.

John stürzte die Leiter zum Kesselraum hinab, den die Dampfwolke erfüllte. Die Kolben in den Zylindern bewegten sich nicht, die Kurbelstangen übertrugen keinerlei Bewegung. Als der Maschinist sah, daß seine Mühen erfolglos blieben, und da er um seine Kessel fürchtete, stoppte er die Maschine und ließ den Dampf durch die Ventile entweichen.

»Was ist denn geschehen?« fragte der Kapitän.

»Die Schiffsschraube ist abgebrochen oder hat sich festgeklemmt«, antwortete der Maschinist, »sie funktioniert nicht mehr.«

»Ist es denn nicht möglich, sie wieder in Gang zu bringen.«

»Völlig unmöglich.«

Der Augenblick war nicht günstig, diese Störung zu beheben. Die Tatsache, daß die Schiffsschraube nicht mehr arbeitete und daß der nutzlos gewordene Dampf durch die Ventile entwichen war, mußte akzeptiert werden. John mußte sich nun mit den Segeln begnügen und aus dem Sturm einen Bundesgenossen zu machen suchen.

Indessen hatte John Mangles nicht eine Sekunde gezögert, um das Schiff aus der gefährlichen Lage zu retten, die durch das Versagen der Schiffsschraube entstanden war. Um nicht zu sehr vom Kurs abzuweichen, beschloß er beizulegen. Es galt deshalb die Segel gesetzt zu lassen und sie schräg zu brassen, um dadurch die Jacht vor den Wind zu bringen. Das Topsegel wurde an das untere Reff gesetzt, auf dem Stag des Großmastes ein dreieckiges Segel gefiert und das Steuer an den Wind gebracht.

Die in schiffstechnischer Beziehung trefflich ausgerüstete Jacht reagierte wie ein geschwindes Pferd, welches die Sporen zu fühlen bekommt; sie bot den heranstürzenden Wogen ihre Flanken. Würde das sehr strapazierte Segelzeug halten? Die Segel waren aus bestem Dundee-Leinen gefertigt. Aber welches Gewebe mag einem solchen Ansturm widerstehen?

Das Manöver hatte den Vorteil, daß die Jacht nun den Wellen ihre widerstandsfähigsten Teile bot und den Kurs einhalten konnte. Das war aber nicht ungefährlich, denn das Schiff konnte in die ungeheuren Wassertäler geraten und untergehen; aber John Mangles hatte keine andere Wahl, und so beschloß er, solange Masten und Segel standhielten, beizulegen. Die Mannschaft hielt sich unter seiner Aufsicht bereit, dahin zu gehen, wo nötig, während John sich festgeschnallt hatte und das tobende Meer beobachtete.

In einem bestimmten Augenblick befürchtete die Mannschaft, die Jacht würde sich nicht wieder aufrichten. Sofort stürzten die Matrosen mit Äxten herbei, um den Großmast zu zertrümmern, als auch schon die aus den Rahen gerissenen Segel wie riesige Sturmvögel davonflogen.

Die Duncan richtete sich wieder auf; aber ohne Halt und Steuerung wurde sie so entsetzlich hin und her geschleudert, daß die Masten zu bersten drohten. Sehr lange konnte das Schiff einem solchen Schlingern nicht standhalten. Das Oberteil litt zu sehr, und die Planken mußten aus den Fugen gehen, die Bordwände brechen, und dann würden die Wogen ungehindert hereinfluten können.

Es blieb John Mangles nur noch ein Ausweg: eine Bugsprietstange zu setzen und vor dem Orkan zu fliehen. Nach mehreren Stunden und nachdem es zwanzigmal mißlungen war,

gelang das Vorhaben. Erst gegen drei Uhr nachmittags konnte das dreieckige Segel auf dem Fockstützmast gehißt und dem Wind ausgesetzt werden.

Von diesem Stück Segel ließ sich die Duncan jetzt tragen; sie flüchtete mit erstaunlicher Geschwindigkeit vor dem Sturm und trieb nach Nordosten, dahin wo sie der Orkan trug. Auf die höchste Geschwindigkeit kam es an, denn allein davon hing die Rettung der Jacht ab. Zuweilen überholte sie die vorüberjagenden Wellen, zerschnitt sie mit ihrem scharfen Bug und versank wie ein riesiger Walfisch. Das Deck wurde von vorn bis hinten überflutet. Dann wieder stimmte die Geschwindigkeit der Jacht mit den jagenden Wogen überein. Das Steuer versagte völlig; die Jacht machte ungeheure Sprünge und drohte, sich quer zu stellen und umzuschlagen. Es geschah auch, daß die von dem Orkan gepeitschten Wogen schneller rasten als das Schiff. Dann wälzten sie sich über die Bordwand und überfluteten das Oberdeck in seiner ganzen Länge mit unwiderstehlicher Gewalt.

In dieser beängstigenden Situation, zwischen Hoffnung und Verzweiflung schwankend, vergingen die Stunden des 15. Dezembers und die darauffolgende Nacht. John Mangles verließ seinen Posten für keine Sekunde. Er nahm keinerlei Nahrung zu sich. Qualen der Angst, die sein starres Gesicht nicht verraten durfte, peinigten ihn. Immer versuchte er, mit den Blicken die Nebelmassen, die sich im Norden türmten zu durchdringen.

Er hatte tatsächlich recht, das Schlimmste zu fürchten. Die aus ihrem Kurs geschleuderte Duncan raste mit einer Geschwindigkeit auf die australische Küste zu, die durch nichts zu vermindern war. Instinktiv spürte John Mangles, daß sein Schiff in Blitzesschnelle von den Wogen fortgerissen wurde. Jeden Augenblick fürchtete er, gegen eine Klippe geschleudert zu werden, auf welcher die Jacht in tausend Stücke zerbersten würde. Seiner Schätzung nach konnte die Küste keine zwölf Meilen mehr vor dem Winde liegen. Land aber bedeutete Schiffbruch, es bedeutete den Untergang der Jacht. Hundertmal besser war es, auf dem unendlichen Ozean zu schwimmen, gegen dessen Wutausbrüche ein Schiff sich wehren kann. Sobald aber der Orkan es gegen eine Küste schleudert, ist es verloren.

Gegen elf Uhr schien der Sturm etwas nachzulassen, der dichte Nebel teilte sich, und als sich die Nebelwand um ein geringes aufriß, konnte John sechs Meilen unter dem Wind einen flachen Landstrich erkennen, auf den sie mit großer Geschwindigkeit zujagten. Ungeheure, bis zu fünfzig Fuß hohe Wogen donnerten an die Küste.

»Dort müssen Sandbänke sein«, sagte er zu Austin.

»Das vermute ich auch«, erwiderte der zweite Offizier.

»Wir stehen in Gottes Hand«, versetzte John. »Falls sich keine brauchbare Durchfahrt findet und die Vorsehung selber uns nicht hindurchläßt, sind wir verloren.«

»Es ist jetzt Hochflut, Kapitän, vielleicht kommen wir über die Sandbänke hinweg.«

»Aber sehen Sie doch den Aufruhr der Wogen, Austin. Welches Schiff sollte ihnen trotzen? Beten wir zu Gott, daß er uns hilft, mein Freund.«

Inzwischen raste die Duncan, getrieben von ihrem Sturmfock, mit erschreckender Geschwindigkeit der Küste entgegen. Bald war sie keine zwei Meilen mehr von den steilen Klippen entfernt. Der Nebel umhüllte alle Augenblicke den Strand. Trotzdem glaubte John jenseits der Gischtkronen ein ruhigeres Becken erspäht zu haben. Dort wäre die Duncan in verhältnismäßiger Sicherheit. Wie aber dorthin gelangen?

John Mangles hatte plötzlich einen Einfall.

»Öl«, schrie er, »den Tran, Kinder, leert die Tranfässer. Der Tran, Kinder, der Tran!«

Die ganze Mannschaft hatte im Nu begriffen, was er wollte. Es galt ein Mittel anzuwenden, das manchmal Erfolg hat. Man kann den Aufruhr der Wogen glätten, indem man sie mit einer Transchicht übergießt. Diese Schicht schwimmt oben, ölt buchstäblich die Wellen und hemmt dadurch ihre Stoßkraft. Die Wirkung ist stets unmittelbar, aber schnell hört sie auf. Sobald ein Schiff dieses künstliche Meer durchfahren hat, verdoppelt dieses seine Wut, und wehe einem, der zu folgen wagt.

Die Fässer mit dem Tranvorrat wurden von der Mannschaft auf das Vorderkastell gehoben, durch die Gefahr wurden ihre Kräfte verhundertfacht. Die Fässer wurden mit Axthieben zertrümmert und backbords über das Schanzdeck gehängt.

»Haltet fest!« schrie John Mangles, der den günstigsten Augenblick abwartete.

In den nächsten zwanzig Sekunden erreichte die Jacht die Einfahrt zu einer von der brüllenden Flut versperrten Bucht. Dies war der richtige Augenblick.

»Nun los, mit Gott!« schrie der junge Kapitän.

Die Fässer wurden ausgekippt, und Ölströme ergossen sich über die Schiffswände auf die

Oberfläche des Meeres. Sofort glättete die Ölschicht die Gischtkronen der Brandung. Die Duncan glitt über die friedlich gewordene See und befand sich gleich darauf in einer ruhigen Bucht, jenseits der gefährlichen Klippen, während hinter ihr der von neuem entfesselte Ozean in unbeschreiblicher Wut losbrach.

Jules Verne (1828–1905), aus: Die Kinder des Kapitän Grant

Zwei Segel

Zwei Segel erhellend
die tiefblaue Bucht!
Zwei Segel sich schwellend
zu ruhiger Flucht!

Wie eins in den Winden
sich wölbt und bewegt,
wird auch das Empfinden
des anderen erregt.

Begehrt eins zu hasten,
das andre geht schnell,
verlangt eins zu rasten,
ruht auch sein Gesell.

Conrad Ferdinand Meyer (1825 – 1898)

Der gefährliche Archipel

Wir anderen hatten uns um den Backbord Ankerdavit geschart und starrten eifrig aber mit geringer Hoffnung auf den dunklen Horizont. Wir sahen Inseln in Fülle, aber sie waren »vom Stoff, aus dem die Träume sind« und verschwanden im Handumdrehen, um an anderer Stelle wieder emporzutauchen, und schließlich begannen nicht nur Inseln, nein, glänzende, schwankende Lichter im Dunkeln aufzublitzen, Leuchttürme der Gedanken oder des übermüdeten Nervus opticus, welche im Vorüberfahren erstrahlten und uns feierlich zublinzelten. Endlich gab auch der Maat die Sache auf, kletterte von seinem unbequemen Ausguck wieder an Deck und erklärte uns, daß wir uns verfahren hätten. Er war außerdem der einzige an Bord, der diese Gewässer kannte, der alleinige Pilot, welchen wir zu diesem Zweck in Tai-o-hae angeheuert hatten. Wenn er nun erklärte, wir hätten Takaroa verfehlt, so lag es nicht an uns, diese Tatsache zu bestreiten, sondern wir mußten uns, sofern möglich, mit ihr abfinden. Eines war sicher, wir waren von unserer südlichen Richtung abgekommen. Die Zickzacklinie des Kielwassers, und ebenfalls unser etwas betrunken aussehender Kurs auf der Karte bewiesen mit nicht geringerer Sicherheit das Vorhandensein einer starken westlichen Strömung. Es blieb uns denn keine andere Wahl, als zu folgern, daß wir wieder leewärts geraten waren, und das Beste, das wir tun konnten, war, die »Casco« unter dem Winde beizudrehen, gut aufzupassen und den Morgen abzuwarten.

In jener Nacht schlief ich, wie es damals meine nicht ganz ungefährliche Gewohnheit war, an Deck auf der Bank am Kockpit. Plötzlich störte mich eine gewisse Unruhe und als ich erwachte, sah ich den ganzen Osten in mattes orangefarbenes Licht getaucht. Schon war

die Kompaßlampe aufgrund der Helligkeit des Tages blasser geworden und aufgeregt beugte sich der Steuermann über das Rad. »Da ist sie, Herr«, rief er und deutete direkt in das Auge der Morgendämmerung hinein. Eine Zeitlang konnte ich nichts entdecken, außer den bläulichen Trümmern der morgendlichen Wolkenmauer, welche wie schmelzende Eisberge weit am Horizont entlang verstreut lagen. Nun stieg die Sonne auf, bohrte eine Lücke in diese Nebeldébris und zeigte uns ein unbedeutendes Inselchen, welches flach wie ein Teller auf dem Meeresspiegel ruhte und mit Palmen von disproportionierter Größe gespickt war.

Soweit war alles in Ordnung. Das war ganz entschieden ein Atoll, und nicht minder klar war, daß wir uns in dem Archipel befanden. Aber welches Atoll war es? Und wo befanden wir uns? Die Insel war viel zu klein, um Takarao zu sein; ringsherum lagen, außer Tikei, keine so kleinen Inselchen; und Tikei, eine von Roggeweins sogenannten »Inseln des Verderbens«, schien nicht in Frage zu kommen. Wenn sie es trotzdem war, mußten wir, statt nach Westen zu treiben, etwa dreißig Meilen nach Luv geraten sein. Und die Strömung? Unserer Beobachtung nach hatte sie uns die ganze Zeit über abgetrieben: nach der abweichenden Richtung unseres Kielwassers zu urteilen, trieb sie uns auch jetzt noch von der Richtung ab. Wann hatte sie aufgehört? Wann wieder begonnen? Und welche Strömung hatte uns inzwischen wieder ostwärts getrieben? Auf diese für die Schiffahrt in diesen Inseln so typischen Fragen wußte ich keine Antwort. Zumindest war die Fragestellung richtig, denn es stellte sich heraus, daß wir tatsächlich nach Tikei geraten waren. Dies war unser erstes Erlebnis in dem gefährlichen Archipel: unser Ziel hatten wir um rund dreißig Seemeilen verfehlt.

Der Anblick Tikeis, das so unmittelbar in den strahlenden Morgenhimmel hineingepflanzt, aller Farben beraubt und von disproportionierten Bäumen entstellt wie ein Besen von stacheligen Reisern, vor uns lag, war nicht gerade dazu angetan, uns für die Atolle einzunehmen. Später am Tage sahen wir die Insel Taiaro unter günstigeren Bedingungen. »Im Meere verloren« ist vielleicht die Bedeutung des Wortes.

Und so fanden wir sie auch, verloren in der Bläue von Ozean und Himmel: ein Ring aus weißem Sand, grünem Unterholz und wehenden Palmen, juwelengleich an Farben, von einer feenhaften, überirdischen Anmut. Weiß wie Schnee wogte rings um das Eiland herum die Brandung, welche sich an einer Stelle weit draußen im Meer an einer anscheinend auf keiner Karte verzeichneten Untiefe brach. Man sah keinen Rauch, keine Spur von Menschen, und die Insel ist auch wirklich nicht bewohnt und wird nur selten angefahren. Trotzdem beobachtete ein Händler (ein gewisser Narii Salmon) vom Ufer aus das unerwartete Schiff. Inzwischen habe ich viele Monate auf den niedrigen Inseln zugebracht; ich kenne die Langeweile ihrer eintönigen Tage, die Öde der Kost, die dort geboten wird. Wie groß auch immer der Neid sein mochte, mit dem wir von Deck aus auf diese grünen Wäldchen blickten, mit zehnmal größerem Neid mußten Mr. Salmon und seine Genossen uns in unserem schmucken Schiff aufs freie Meer zusteuern sehen.

Die Nacht war über die Maßen lieblich. Nachdem der Mond untergegangen war, wurde der Himmel zu einem Wunder von Sternen. Während ich im Kockpit lag und zu dem Steuermann aufblickte, verfolgten mich Emersons Verse:

»Einsamer Seemann segelt bei Nacht
Staunend unter Sternen hin.«

In dieser funkelnden, matten Dämmerung stießen wir etwa um vier Glas auf unser drittes Atoll, Raraka. Der flache Saum der Insel schloß unmittelbar mit dem Horizont ab, so daß er mich zuerst an einen Treidelpfad erinnerte, und es sah fast aus, als führen wir einen ausgebauten, schiffbaren Strom hinauf. Schließlich tauchte ein roter Stern auf, welcher etwa die Stellung und die Leuchtkraft eines Gefahrsignals hatte, und gleichzeitig kam mir ein anderes Gleichnis: es sah aus, als führen wir dicht an der Böschung einer Eisenbahnlinie vorbei, und ganz instinktiv fing das Auge an, nach Telegraphenstangen zu suchen und das Ohr begann auf das Geräusch des Zuges zu warten. Hier und da hoben sich in weiten Abständen matte Baumwipfel von der Ebene ab. Der Lärm der Brandung begleitete uns zuerst mit schläfrigem, eintönigem Geräusch, dann mit drohendem, rhythmischem Donnern.

Die Insel lag fast gerade von Osten nach Westen gestreckt und versperrte uns den Weg

nach Fakarava. Wir mußten uns daher solange hart an der Küste halten, bis wir den westlichen Zipfel erreicht hatten, von wo wir durch eine etwa acht Meilen breite Straße südwärts zwischen Raraka und der Nachbarinsel Kauehi hindurchfahren konnten. Wir hatten freien Wind und leichte Luft, doch bald zogen tintenschwarze Wolken auf, und von Zeit zu Zeit wetterleuchtete es, jedoch ohne Donner. Irgend etwas – ich weiß nicht was – trieb uns erneut der Insel zu. Wir steuerten immer mehr nach Norden, aber man hätte denken können, daß die Küste unser Manöver nachahme und uns von neuem überhole. Ein- oder zweimal lag Raraka wieder vor uns – wieder wurde nach Seemannsart der gänzlich unschuldige Steuermann gescholten – und wieder drehte die »Casco« ab. Hätte man von mir verlangt, nur mit der Erfahrung, die ich damals hatte, die Gestalt dieser Insel aufzuzeichnen, ich glaube, ich hätte sie als eine Reihe von bogenfensterähnlichen Vorsprüngen gezeichnet, von denen jeder nach Norden zu den anderen überragte, die Richtung des Landes aber hätte ich von Südosten nach Nordwesten verlegt, dabei zog es sich in Wirklichkeit fast schnurgerade von Osten nach Westen hin.

Kaum hatten wir unser Manöver wiederholt und vom Lande abgedreht – vor noch nicht mal fünf Minuten war die Eisenbahnböschung verschwunden und das Geräusch der Brandung verklungen – als ich schon wieder Land sah, und zwar nicht nur auf der Wetterseite, sondern direkt vor uns. Ich wählte nun die Rolle der vorsichtigen Landratte und sagte bis zuletzt gar nichts; bald jedoch merkten es meine Matrosen selbst.

»Land in Sicht«, sagte der Steuermann.

»Bei Gott, es ist Kauehi!« rief der Maat.

Und es war Kauehi. Und damit fingen die Kartographen an, mir leid zu tun. Wir fuhren knapp drei und einen halben Knoten, und man wollte mir weiß machen, wir hätten innerhalb von fünf Minuten die eine Insel außer Sicht gelassen, hätten rund acht Meilen offene See passiert und wären um ein Haar auf die nächste Insel aufgelaufen. Aber mein Kapitän hatte auch Mitleid mit sich selbst, in einem derartigen Labyrinth umherirren zu müssen, drehte die »Casco« bei, setzte sich auf die Sternreeling und wartete ab, bis der Morgen da war. Er hatte genug von der Nacht in den Paumotu.

Robert L. Stevenson (1850–1894) aus: In der Südsee

Der brave Schiffer

(Als Heinrich Theodor von Schön aus dem Staatsdienste schied.)
1842

So lang an Preußens grünem Strand
Die Meereswogen schlagen,
Wird Kindeskind im ganzen Land
Vom braven Schiffer sagen.

In wilden Wettern trieb das Schiff,
Die wollten es begraben,
Da sprach er kühn zu Sturm und Riff:
Ihr sollt es nimmer haben!

Und um der Nornen Felsenrand
Durch Meeresungeheuer,
Weil er das rechte Wort verstand,
Lenkt mächtig er das Steuer.

Und als die Brandung sich verlief,
Die Waffen müde sanken,
Gerettet hatte aus der Tief'
Den Hort er der Gedanken.

Und ob auch Stern auf Stern versank
Und schlaff die Segel hingen,
Der Teufel, nicht das Schiff ertrank,
Gedanken sind ja Schwingen.

So zwischen Schrecken, träger Ruh
Und Sandbank des Gemeinen
Dem ritterlichen König zu
Führt er getreu die Seinen.

Jetzt überm Lande auf der Wacht
Steht rastend er im Hafen:
»Die See geht hoch, gebt acht, gebt acht,
Ihr Schiffer sollt nicht schlafen!«

Wohlan, so lang wir wogenwärts
Noch frische Fahrten wagen,
Soll hell an jedes Preußenherz
Des Schiffers Mahnung schlagen.

Joseph von Eichendorff (1788–1857)

Über Bauart und Geschwindigkeits-Verhältnisse der Dampfschiffe

In der ersten Zeit, als die Dampfkraft die Segelkraft ersetzte oder vielmehr zur Hilfstriebkraft herabsetzte, waren die Formen der Schiffe noch mehr oder weniger dem alten Schnitte der Segelschiffe angepaßt. Man baute sie sehr breit im Verhältnis zur Länge, wodurch zwar Stabilität gesichert, aber große Schnelligkeit durch die große eingetauchte Querschnittsfläche nicht erzielt wurde. Wir sehen jedoch bald im Erfolge der Sache, daß den Schiffskörpern immer größere Aufmerksamkeit geschenkt wurde. Während man zuerst ein Verhältnis der Breite zur Länge wie 1 : 4 bei einer Schnelligkeit von 5 Meilen pro Stunde annahm, steigt dieses schon bei den ersten Schiffen der General Steam Navigation Companie bis auf 1 : 5 bei einer Schnelligkeit von 9 Meilen pro Stunde.

Bei der Flußschiffahrt, wo die Segelkraft ganz wegfiel, nahmen die Verhältnisse schon bald größere Ausdehnung an. So sehen wir im Jahre 1836 ein Themseboot »Ruby« von 155 Fuß Länge, 19 Fuß Breite, 9½ Fuß Tiefe und einem Tiefgange von 4 Fuß das Verhältnis der Breite zur Länge wie 1 : 7 annehmen und eine Geschwindigkeit um einige Meilen pro Stunde erreichen.

Patterson baute den Great Western (siehe oben) im Verhältnis der Breite zur Länge wie 212 : 35 oder 1 : 6. Das Gewicht des Rumpfes betrug 776 Tonnen, das Gewicht der Maschinen, Kessel mit Wasser und Schaufelräder 420 Tonnen, mithin das totale Gewicht 1196 Tonnen; dazu 500 Tonnen Kohlen bei einem Tiefgange von 13 Fuß. Das Areal der größten eingetauchten Querschnittsfläche betrug 341 Quadratfuß; bei 17 Fuß Eintauchung das Deplacement 2196 Tonnen und 481 Quadratfuß Querschnittsfläche.

Inzwischen hatte sich das Eisen zum Bau der Dampfschiffe Bahn gebrochen und brachte einen großen Umschwung hervor. Wohl mit Recht kann man von diesem Zeitpunkt an den Dampf als Beherrscher der Meere ansehen, so wie er sich auf dem Festlande durch den Geist eines Stephenson zum Beherrscher der Länder empor warf. Viele Einwendungen sind gegen die Anwendung des Eisens zum Schiffbau gemacht worden, und noch heutigen Tages sehen wir die meisten unserer Kriegsdampfer von Holz gebaut. Der Grund hiervon liegt aber einzig und allein in dem Umstand, daß man das eiserne Schiff für gefährlicher gegen den Schuß hält.

Im Jahre 1849 wurde Kapitän Chads beauftragt, Versuche anzustellen, um dieses zu konstatieren; sein Bericht lautete am Schlusse folgendermaßen:

1) Geschosse jeder Art machen, wenn sie durch Eisen gehen, so große Löcher, daß dieses Material für Schiffsböden ungeeignet ist.

2) Eisen und Eichenholz von gleichem Gewichte bieten dem Geschoß gleichen Widerstand dar. Eisen für die oberen Schiffswände bietet der Mannschaft größeren Schutz als Holz, da die Splitter des letzteren so verderblich sind.

3) Eisen beherbergt die Bomben nicht, wenn sie durch die Wände dringen, die aus einfachen Platten bestehen, und ist daher nicht die Zerstörung zu befürchten, welche erfolgen würde, wenn die Bomben, in einer hölzernen Wand stecken geblieben, explodierten.

Bei den Handelsschiffen waren die Einwendungen gegen eiserne Schiffe folgende:

1) Der Kompaß würde zu sehr abweichen, welche Befürchtung jedoch von Prof. Airy, vom Königl. Observatorium in Greenwich, vollständig beseitigt wurde.

2) Die Adhäsion der Pflanzen und Mollusken würde den Lauf eiserner Schiffe zu sehr hemmen. Bei häufiger Reinigung des Bodens, welche auch während der Fahrt geschehen kann, hat dieses jedoch nichts auf sich; außerdem wird es durch chemische Mittel im Anstrich zur Genüge verhindert.

3) Das Zerfressen des Eisens im Wasser. Dieses stellte sich bald als nichtig heraus, da bei Schiffen bei langjährigem Gebrauche sich keine Spur hiervon zeigte.

Dagegen springen die Vorzüge desto mehr ins Auge:

1) Stärke, verbunden mit Leichtigkeit. Die Widerstandsfähigkeit des Eisens gegen das Zerreißen (tension) ist nach jeder Richtung größer; ebenso ist auch die Widerstandsfähigkeit gegen Zerdrücken (compression) bedeutend. Holz setzt zwar dem Zerreißen in der Richtung der Fasern einen großen Widerstand entgegen; allein derselbe ist gering in zu den Längenfasern normaler Richtung. Die rückwirkende Festigkeit des Holzes ist namentlich gering, wenn es feucht ist. Das Holz wird auch leicht spröde und verliert seine Elastizität. Die

Stärke der eisernen Platten gegen Eichenholzplanken ist bei gleicher Dicke 6 : 1. Ist der eiserne Rumpf hinreichend stark, um dem Zerreißen und Zerdrücken zu widerstehen, so ist es deshalb nötig, durch Platten, welche normal zu denen des Rumpfes angebracht werden, diesem größere Steifigkeit zu verleihen, damit derselbe nicht von seiner ursprünglich gegebenen Form abweiche. – Das Gewicht eines eisernen Schiffskörpers ist bedeutend geringer, als das eines hölzernen, da sämtliche Balken hohl sind und so vierfache Stärke bei nur doppeltem Gewichte haben.

2) Größere Ladungsfähigkeit, da die Wandungen des eisernen Schiffes viel dünner sind, welches ein Verhältnis von 5 : 4 und bei großen Schiffen immer noch von 6 : 5 ergibt.

3) Sicherheit: Die Feuergefahr ist geringer; ferner sind eiserne Schiffe steifer unter Segel, und die Gefahr des Öffnens der Nähte bei anhaltend schlechtem Wetter ist gar nicht vorhanden.

4) Schnelligkeit: Da das Eisen weniger Raum einnimmt, so kann man die Schiffsform schärfer bauen, wodurch eine größere Geschwindigkeit erzielt wird.

5) Dauerhaftigkeit: Wenn das Eisen in gutem Anstrich gehalten wird, so ist seine Dauer bis jetzt noch nicht festzustellen; wogegen hölzerne Schiffe durch trockene Fäulnis in wenigen Jahren unbrauchbar wurden. Gegen dieses Übel ist bis jezt noch kein Mittel aufgefunden; einige Hölzer sind dem mehr unterworfen als andere.

6) Reparaturen: Die Ausbesserung der Schäden an eisernen Schiffen ist schnell bewerkstelligt und daher wenig kostspielig, wogegen man bei einem hölzernem Schiffe anzunehmen gezwungen ist, daß die Reparaturkosten nach 12 Jahren die des ursprünglichen Kostenpreises erreicht haben.

7) Kostenpreis: Größere eiserne Schiffe sind billiger, als von Holz gebaute.

8) Tiefgang: Das eiserne Schiff ist leichter, als das hölzerne, mithin sein Tiefgang geringer.

Mit den fahrenden Schiffen

Mit den fahrenden Schiffen
Sind wir vorübergeschweift,
Die wir ewig herunter
Durch glänzende Winter gestreift.
Ferner kamen wir immer
Und tanzten im insligen Meer,
Weit ging die Flut uns vorbei,
Und Himmel war schallend und leer.

Sage die Stadt,
Wo ich nicht saß im Tor,
Ging dein Fuß da hindurch,
Der die Locke ich schor?
Unter dem sterbenden Abend
Das suchende Licht
Hielt ich, wer kam da hinab,
Ach, ewig in fremdes Gesicht.

Bei den Toten ich rief,
Im abgeschiedenen Ort,
Wo die Begrabenen wohnen;
Du, ach, warest nicht dort.
Und ich ging über Feld,
Und die wehenden Bäume zu Haupt
Standen im frierenden Himmel
Und waren im Winter entlaubt.

Raben und Krähen
Habe ich ausgesandt,
Und sie stoben im Grauen
Über das ziehende Land.
Aber sie fielen wie Steine
Zur Nacht mit traurigem Laut
Und hielten im eisernen Schnabel
Die Kränze von Stroh und Kraut.

Manchmal ist deine Stimme,
Die im Winde verstreicht,
Deine Hand, die im Traume
Rühret die Schläfe mir leicht;
Alles war schon vorzeiten
Und kehret wieder sich um.
Gehet in Trauer gehüllet,
Streuet Asche herum.

Georg Heym (1887–1912)

Wider dem Strom

Die »Hydra« drehte seewärts.

»Volle Kraft voraus!« kommandierte der Lotse.

Durch den mächtigen Stahlbau lief ein Schüttern, das trübe Wasser des Mersen rauschte stärker vor dem Bug. Rechts und links glitten auf- und abwärtsfahrende Schiffe vorüber; die Dampfpfeife heulte kurze Kurssignale, die von anderen Fahrzeugen beantwortet wurden. Bei Apper-Mersen-Feuerschiff ging der Lotse von Bord.

Kapitän Bolken sog in tiefen Zügen den frischen Salzhauch des Meeres ein, seine Brust weitete sich und er spürte voll Behagen das Heben und Senken des Schiffes in der Dünung.

Über der steilen Felsenküste im Süden lag feiner grauer Dunst. Undeutlich tauchten die Umrisse der großen Insel Anglesay auf und daneben die Felsenklippen Skerries mit dem hohen, rot und weiß gestreiften Leuchtturm. Holyhead und South Stack wanderten vorüber. Südwärts tönten Dampfpfeifen und Nebelhörner; eine grauweiße Bank schob sich schnell herauf und ehe eine halbe Stunde verstrichen war, deckten dichte Nebelschleier die See. Der Maschinentelegraph schellte.

»Langsam vorwärts!«

Dumpf brüllte die Sirene ihr langgezogenes Warnungssignal in die dicke Luft. Ringsum erscholl ein Konzert hoher und tiefer Töne. Von Norden, Süden und Westen kommend, strebten täglich zahlreiche Schiffe unter Dampf und Segel dem Kap Holyhead zu, und die tasteten jetzt, nur auf den Kompaß und das Gehör ihrer Führer angewiesen, im grauen Dämmerlicht einher. Sie drängten sich im Nebel dicht zusammen, fluteten heulend wieder auseinander. Bald hier, bald dort hoben sich dunkel und drohend die Schiffsleiber aus den feuchten Schwaden. Der neue Erste Offizier hatte sich neben dem Mann am Ruder aufgestellt. Abel lehnte am Maschinentelegraph. Jeder Nerv in ihm war angespannt, kurz und ruhig gab er seine Kommandos. Und tief unten im Maschinenraum hafteten die Augen des leitenden Maschinisten auf dem Zeiger des Telegraphen:

Grell und scharf lärmte die Glocke, der Zeiger sprang zurück. Volle Kraft rückwärts! Die

Steuerung ratterte herum. Einen Augenblick stoppte die Maschine, dann begann sie schnell und schneller links zu drehen. Unbeweglich starrte der Mann in die wirbelnden Stahl- und Eisenmassen. Hoch über ihm schrie die Dampfpfeife drei kurze, abgerissene Töne – und noch einmal. Wieder schellte der Telegraph. – Äußerste Kraft rückwärts! Mit zusammengebissenen Zähnen öffnete der Maschinist das Ventil bis auf den letzten Schraubengang. Immer toller rasten die Kurbeln; das Schiff schütterte und bebte. Oben schrillte eine Torpedoflöte. Er hörte ein Kommando.

»Alle Mann auf!«

Das galt nicht ihm; er mußte ausharren, bis .... bis ....

Seine Finger umklammerten krampfhaft die Felgen des Umsteuerungsrades; sein Blick sog sich fest an dem schwarzen Zeiger. Jetzt .... die Augen des Maschinisten weiteten sich. Der Zeiger ruckte fast unmerklich. Nun schnellte er hoch und blieb senkrecht stehen. – Stopp! Und gleich darauf kroch er weiter. – Halbe Kraft voraus! Ein tiefer Atemzug hob die Brust des Mannes im blauen Kittel. Die Steuerung schnurrte; rasche, feste Griffe an Ventilen und Hebeln – das wilde Tempo der auf- und abgleitenden Kolbenstangen mäßigte sich, sie standen sekundenlang still, um bedächtig und machtvoll den alten, gewohnten Gang aufzunehmen.

Achtzehn Stunden dröhnte die Dampfpfeife, bis beim Morgengrauen die nassen Schleier sanken. Das Nebelhorn von South Bishop verstummte. Als es zum letzten Male seine vier kurzen, blökenden Töne in die Luft schmetterte, zuckte der erste Blink des gleichnamigen Leuchtfeuers auf. Es warf seine gelben Strahlen alle zwanzig Sekunden über die Tiefe.

Der Kapitän strich sich die Tropfen aus dem Bart und rieb die müden Augen. Schnell stellte er im Navigationszimmer den Schiffsort nach Peilungen der Landfeuer fest und änderte den Kurs an St. Anns Head vorüber nach Hellwick-Feuerschiff. Mit der Nachmittagsflut wollte er in Swansea sein. Hinter sich hörte er noch eine Zeitlang das Tuten der Dampfer, denen vereinzelte Nebelfladen die Aussicht versperrten, dann wurde es still. Goldig und warm stieg im Osten die Sonne aus dunstigem Gewölk. Tausend blanke Lichter tanzten auf den Wellen des Bristolchannel. Gleich Millionen geschliffener Diamanten funkelten die Tautropfen in der Takelage, und die Felsen der Küste von Pembroke erglühten rosig über dem weißen Brandungsstreifen.

Um zwei Uhr steuerte die »Hydra« unter Lotsenkommando durch die Schleusen von Swansea. Das Seebild versank und ein Bild der Arbeit trat an seine Stelle. Wirrer Lärm empfing das einlaufende Schiff. Durch das dumpfe Poltern stürzender Kohlen schrillten die Pfiffe der Lokomotiven. Die schleppten puffend und zischend schier unabsehbare Kohlenzüge heran. Wagen nach Wagen fuhr auf die Plattformen der Tipps, schwebte, durch Wasserkraft gehoben, bis an die Schute und kippte selbsttätig über. Prasselnd verschwanden die schwarzen Diamanten in den Schiffsräumen. Schwarze Staubwolken wirbelten auf, rußige Gestalten eilten geschäftig hin und her, und ihre heiseren Stimmen gingen in dem wilden Taumel der Geräusche unter. Über dem Ganzen hing ein Gemisch von Wasserdampf, Staub und Rauch.

Mitten im Dock lagen in zwei Reihen hintereinander eine Anzahl leerer Dampfer, die auf Ladestellen warteten. Ihre schwarzen, massigen Leiber ruhten träge und verdrießlich in dem schmutzigen Wasser. Langsam glitt die »Hydra« an ihnen vorüber.

Otto Altmann

Der Schiffbrüchige

Hoffnung und Liebe! Alles zertrümmert!
Und ich selber, gleich einer Leiche,
Die grollend ausgeworfen das Meer,
Lieg ich am Strande,
Am öden, kahlen Strande.
Vor mir woget die Wasserwüste,
Hinter mir liegt nur Kummer und Elend,
Und über mich hin ziehen die Wolken,
Die formlos grauen Töchter der Luft,
Die aus dem Meer, in Nebeleimern,
Das Wasser schöpfen,
Und es mühsam schleppen und schleppen,
Und es wieder verschütten ins Meer,
Ein trübes, langweilges Geschäft,
Und nutzlos, wie mein eignes Leben.

Die Wogen murmeln, die Möwen schrillen,
Alte Erinnrungen wehen mich an,
Vergessene Träume erloschene Bilder,
Qualvoll süße, tauchen hervor!

Es lebt ein Weib im Norden,
Ein schönes Weib, königlich schön.
Die schlanke Zypressengestalt
Umschließt ein lüstern weißes Gewand;
Die dunkle Lockenfülle,

F. Müller-Grossen
Segelschiff vor dem Wind
um 1900

Jacob Philipp Hackert
Italienischer Hafen im Mondschein

Wie eine selige Nacht,
Von dem flechtengekrönten Haupt sich ergießend,
Ringelt sich träumerisch süß
Um das süße, blasse Antlitz;
Und aus dem süßen, blassen Antlitz,
Groß und gewaltig, strahlt ein Auge,
Wie eine schwarze Sonne.

Oh, du schwarze Sonne, wie oft,
Entzückend oft, trank ich aus dir
Die wilden Begeistrungsflammen,
Und stand und taumelte, feuerberauscht –
Dann schwebte ein taubenmildes Lächeln
Um die hochgeschürzten, stolzen Lippen,
Und die hochgeschürzten, stolzen Lippen
Hauchten Worte, süß wie Mondlicht,
Und zart wie der Duft der Rose –
Und meine Seele erhob sich
Und flog, wie ein Aar, hinauf in den Himmel!

Schweigt, ihr Wogen und Möwen!
Vorüber ist Alles, Glück und Hoffnung,
Hoffnung und Liebe! Ich liege am Boden,
Ein öder, schiffbrüchiger Mann,
Und drücke mein glühendes Antlitz
In den feuchten Sand.

Heinrich Heine (1797–1856)

Schiffe, die scheitern

In der Seestadt herrschte in allen Kreisen große Aufregung. Der Dampfer »Rhenania« war auf der Heimreise gestrandet und der bewährte, anerkannt tüchtige Kapitän Waßmann hatte sich heute vor dem Seeamte zu verantworten.

Vor dem grünen Tisch, an dem der Richter und die Beisitzer saßen, hatte Waßmann Platz genommen. – Eine auffallende Blässe bedeckte sein ernstes Gesicht. Ohne besonderes Interesse war er dem Gange der Zeugenvernehmung gefolgt. Jetzt wurde Kahlhoff aufgerufen. Nach Erledigung der Formalitäten wurde Kahlhoff aufgefordert, die Vorgänge zu schildern, die zur Strandung des Dampfers »Rhenania« führten. Kahlhoff besann sich kurze Zeit, dann fing er an zu sprechen:

»Wir hatten auf der Rückreise den englischen Kanal bei schönem, klarem Wetter passiert, und peilten um 8 Uhr 40 Minuten abends, – bezüglich des Datums muß ich mich auf das vorliegende Schiffstagebuch berufen, – Schouwenbank-Feuerschiff dwars in 3 Seemeilen Abstand. Von hier ab steuerten wir Nord-Ost ½ Nord mißweisend. Gegen 10 Uhr setzte häsiges Wetter mit Nebelschauern ein, so daß die Fahrt des Schiffes reduziert werden mußte. Um 8 Uhr morgens hatten wir auf dem angegebenen Kurse 98 Seemeilen zurückgelegt. Sodann wurde der Kurs auf Nord-Ost zu Ost geändert. Um 12 Uhr mittags hatten wir auf diesem Kurse 32 Seemeilen zurückgelegt. Von jetzt ab wurde Ost ¾ Nord gesteuert und bis 4 Uhr nachmittags wurden im ganzen wieder 32 Seemeilen gutgemacht. Auf der nächsten Wache, bis abends 8 Uhr, steuerten wir Ost. Auf der ganzen Strecke von Schouwen ab hatten wir kein Feuer in Sicht bekommen. Ich war daher der Überzeugung, daß wir auf keinen Fall innerhalb Terschelling und Borkum-Feuerschiff passiert waren, da wir sonst die Feuer hätten sehen müssen. Ich machte dem Kapitän Mitteilung von meinen Wahrnehmungen, und er übernahm von jetzt ab die Wache. Er äußerte in bestimmter Weise den Wunsch, allein gelassen zu werden. Als ich später die Wache wieder beziehen wollte, schickte mich der Kapitän sonderbarerweise wieder von der Brücke.«

Hier unterbrach der Vorsitzende Kahlhoff:

»Machten Sie den Kapitän darauf aufmerksam, daß Sie Wache und mithin auch Verantwortung hatten?«

»Jawohl. – Ich stellte ihm auch vor, daß ich in jener Gegend besser befahren sei als er, – da er doch seit längerer Zeit die Schiffe nicht mehr selbst gesteuert hatte. Er enthob mich jedoch jeder Verantwortung und gab mir, sowie den anderen Offizieren schließlich den Befehl, ihn allein zu lassen.«

Jetzt wandte sich der Vorsitzende an Waßmann:

»Herr Kapitän, was haben Sie zu diesen Ausführungen zu bemerken?«

Waßmann antwortete tonlos:

»Nichts! – Es verhält sich so. Über den Grund dieser Maßnahme möchte ich die Auskunft verweigern.«

Eine kurze Pause trat nach diesen Worten des schwergeprüften Mannes ein. Lautlose Stille herrschte in dem weiten Raume, durch dessen Fenster die goldenen Strahlen der Frühlingssonne zitterten.

Der Vorsitzende ließ, um über die peinliche Situation schnell hinwegzukommen, Kahlhoff in seiner Aussage fortfahren. –

»Ich verfolgte nun die Maßnahmen des Kapitäns auf das genaueste und sprach auch mit meinen Kollegen über das merkwürdige Vorgehen unseres Vorgesetzten. – Um 11½ Uhr kam in Ost-Süd-Ost ½ Ost ein Feuer in Sicht, welches wir für das von Helgoland hielten. Ich erkannte aber bald, daß es Helgoland nicht sei und hielt es nach der Lotung von 10 Faden, die auch mit der Karte übereinstimmte, für das Feuer von Norderney. Bis 12 Uhr hatte der Kapitän Ost zu Nord, und von da ab Nord ¼ West 5 Seemeilen gesteuert. Bis 3 Uhr morgens hatten wir auf Ost zu Nord Kurs 12 Seemeilen zurückgelegt und bekamen nun ein zweites Feuer in Sicht. Wir sahen jetzt sofort, daß das erste Feuer nicht Norderney gewesen sein konnte und fanden heraus, daß es das von Amrum gewesen sein mußte. Das zweite Feuer erkannten wir als dasjenige von Rote Kliff. Ich ging wieder auf die Brücke und teilte dies dem Kapitän mit. Ich bat ihn auch, sich doch ablösen zu lassen, da er sicher schon übermüdet sei. Ich bekam wieder eine abweisende Antwort.« –

Kahlhoff fuhr nach kurzer Pause in seiner Erklärung fort:

»Auch das Lot bestätigte mir mit 8 Faden den Schiffsort. Mittlerweile ließ der Kapitän das Schiff mit gestoppter Maschine treiben.« –

Der Reichskommissar, ein älterer, distinguierter Herr, der sich während der Aussagen eifrig Notizen gemacht hatte, unterbrach jetzt den Zeugen und fragte Waßmann:

»Hielten Sie es für notwendig, Herr Kapitän, diese Maßnahmen zu ergreifen?«

»Ja,« antwortete Waßmann fest, »ich hielt sie für notwendig, um bei Tagesgrauen genauere Anhaltspunkte zu haben. Um 5 Uhr morgens hatte ich nach Peilung und Lotung Rote Kliff in Süd-Ost ½ Süd ungefähr 12 Seemeilen entfernt und setzte von hier ab meinen Kurs

auf Helgoland. Wir steuerten Süd-Süd-West. Um 10 Uhr vormittags, nachdem wir auf diesem Kurse etwa 42 Seemeilen zurückgelegt hatten, bekamen wir einen Strich an Backbord voraus eine rote Boje in Sicht. Ich hielt die Boje zuerst für die Heulboje und legte sofort Ruder hart rechts, aber unmittelbar darauf, nachdem nur 1½ Strich abgehalten war, saß das Schiff fest. Als das Wetter aufklarte, sah ich den Leuchtturm von Helgoland, der Süd-Süd-West peilte. Die zuerst gesichtete schwarze Boje befand sich etwa 2 Strich an Backbord und die Heulboje erblickte ich, als es ganz klar geworden war, etwas vorlicher als dwars an Steuerbord 2 bis 3 Meilen entfernt. So verhält sich die Sache.«

Der Vorsitzende fragte jetzt wieder Kahlhoff:

»Deckt sich die Aussage des Kapitäns mit Ihren Wahrnehmungen?«

»Vollkommen. Als wir festsaßen, bot ich dem Kapitän abermals meine Hilfe an, die er jetzt auch bereitwilligst annahm. Wir pumpten die Vortanks lenz und stellten fest, daß das Schiff auf ziemlich ebenem Steingrund saß. Wir ließen darauf das große Boot zu Wasser und brachten ein Warp aus mit etwa 200 Faden Trosse und warteten Hochwasser ab. Bei Hochwasser ließen wir die Maschine voll rückwärts arbeiten und hievten gleichzeitig am Warp, jedoch das Schiff bewegte sich nicht. Alsdann nahm der Kapitän die während dieser Zeit gekommenen Inselbewohner an, um das Schiff zu leichtern. Es kamen Leichter und

Boote längsseit und wir löschten innerhalb 6 Stunden aus Luk 1 und 2 ungefähr 1400 Sack Mais, – hievten alsdann unter Assistenz von 3 Schleppern das Schiff ab und gingen bald darauf weiter. Im Hafen wurde das Schiff gedockt, und es stellte sich heraus, daß der Boden des Schiffes ungefähr 10 Meter aufgerissen und der Vordersteven verbogen war. Nur durch den zufälligen Umstand, daß das Schiff einen Doppelboden hatte, ist ein größeres Unglück verhütet worden. Denn wir fuhren ziemlich heftig auf, so daß unter den Passagieren eine Panik ausbrach, die nur mit Mühe unterdrückt werden konnte. Bei dem Gedränge, das im Steuerbordgang entstand, wurden eine Frau und ein Kind überrannt und durch die Hinüberdrängenden so schwer verletzt, daß beide gestorben sind. Das Kind war auf der Stelle tot, die Frau wurde in das Hospital gebracht, wo sie jedoch nur noch 6 Stunden lebte.«

Da keine Fragen mehr an die Zeugen zu richten waren, schloß der Vorsitzende die Beweisaufnahme und erteilte dem Reichskommissar das Wort, der folgendes ausführte:

»Der bedauerliche Unfall, der auch den Tod zweier Menschen zur Folge hatte, ist in seiner Ursache auf das grobe Verschulden des Kapitäns zurückzuführen, der sich in diesem Falle als der ihm übertragenen Aufgabe durchaus nicht gewachsen gezeigt hat. Dies muß uns um so mehr verwundern, als Kapitän Waßmann erst auf der letzten Reise durch seine Ent-

schlossenheit eine sehr zu lobende, brave Seemannstat vollbracht hat. – Die Navigierung auf dieser Reise nach dem Passieren von Schouwen-Bank bis zur letzten Peilung von Amrum ist nun durchaus nicht nach seemännischen Grundsätzen vorgenommen worden. Selbst wenn eine Ähnlichkeit zwischen den Feuern von Norderney und Amrum vorhanden ist, so ist eine Verwechslung nicht entschuldbar. Auch das weitere Verhalten der Schiffsleitung bis zur plötzlichen Strandung auf den Klippen von Helgoland entbehrt jeder seemännischen Vorsicht. Die Handlungsweise des Kapitäns seinen Offizieren gegenüber ist vollends nicht zu verstehen. Ich kann mich der Auffassung nicht erwehren, daß Kapitän Waßmann in diesem Falle einen großen Mangel an Einsicht und seemännischer Befähigung, sowie an Gefühl für seine Verantwortlichkeit gezeigt hat, und daher den Unfall durch den Mangel solcher Eigenschaften, die zur Ausübung seines Gewerbes erforderlich sind, verschuldet hat. Vorliegender Fall genügt bei der Schwere der begangenen Fehler vollkommen, die Unfähigkeit des Kapitäns zur gewissenhaften Versehung seines Postens darzutun. Den Fall milde zu beurteilen und Gnade für Recht ergehen zu lassen, indem man dem Kapitän unter Belassung des Patentes eine scharfe Rüge erteilt, ist mir nach Lage der Umstände leider nicht möglich. Daß der Kapitän das Recht für sich allein in Anspruch nimmt, das Schiff in schwieriger Situation durchzubringen, zeigt, daß er auch in dieser Hinsicht nicht das rechte seemännische Gefühl gehabt hat, – zumal die Offiziere an Bord, – ich erinnere nur an die sachliche und prägnante Aussage des ersten Offiziers Kahlhoff, die einen sehr guten Eindruck auf mich gemacht hat, – zumal die Offiziere sich doch als tüchtige, brauchbare Seeleute erwiesen haben. – Da lediglich durch das Verschulden des Kapitäns Waßmann die Strandung, die doch auch den Tod zweier Menschen herbeigeführt hat, erfolgte, so beantrage ich Patententziehung gegen ihn.«

Waßmann, der während der Rede des Reichskommissars teilnahmslos, in sich zusammengesunken dagesessen war, blickte jetzt plötzlich, wie aus einem tiefen Traume erwachend, auf. Er konnte alles nicht fassen; ihm kam alles so unwahrscheinlich, so fremd vor. Das harte Wort »Patententziehung« rüttelte ihn auf.

Als der Vorsitzende nun fragte, ob er etwas zu seiner Rechtfertigung zu bemerken habe, gab er mit tonloser Stimme eine kurze, verneinende Antwort.

Jetzt zog sich das Seeamt zur Beratung zurück; der Vorsitzende ging mit den vier Beisitzern in ein neben dem Sitzungssaale gelegenes Zimmer.

Nach der Beratung verlas der Vorsitzende, mit einer Stimme, aus der menschliches Mitleid klang, das Urteil:

»Das Seeamt fällt folgenden Spruch: Am 20. des vorigen Monats, vormittags 10 Uhr, ist der deutsche Dampfer »Rhenania« auf Helgoland gestrandet. Die Strandung führte den Tod zweier Menschen herbei. – Der Unfall ist zurückzuführen auf die sorglose Navigierung und grobe Fahrlässigkeit des Kapitäns Karl Waßmann. Das Seeamt hat ihm daher, dem Antrage des Reichskommissars entsprechend, die Befugnis zur weiteren Ausübung seines Gewerbes entzogen. – Die Sitzung ist hiermit geschlossen. – Ich danke Ihnen, meine Herren.« – – –

Waßmann drehte sich um und ging langsamen Schrittes zur Türe hinaus.

Die im Saale Anwesenden blickten ihm stumm nach.

Mit einem festen Händedruck verabschiedete der Vorsitzende sich von den Beisitzern und dem Reichskommissar.

Ein Zug stiller Trauer lag über den Männern, die nach Recht und Gesetz das Schuldig aussprechen mußten über einen tüchtigen, brauchbaren Mann.

Kahlhoff sagte im Hinausgehen zu dem zweiten Offizier:

»Man sagt ja im Leben, daß gerade die besten Menschen am frühesten fort müssen. – Bei uns ist das auch so. Wir auf der See haben's ja auch schon so oft erlebt: Die besten Schiffe, die draußen waren, liegen jetzt irgendwo am Meeresgrunde. Sie haben von Anfang an immer glückliche Fahrt mit viel Sonnenschein. Aber das Schicksal will sie vernichten. Vielleicht aus Neid. – Sie fahren und fahren, bis sie auf einmal in die Tiefe müssen. – Das sind die Schiffe, die scheitern.«

Kahlhoff hatte Recht behalten. Noch am selben Abend war Waßmann aus dem Leben geschieden.

Heinrich Binder

Schiffers Abschied

Hier stehn wir unterm Apfelbaum,
Hier will ich von dir scheiden,
Hier träumte ich so manchen Traum,
Hier trägt sich auch ein Leiden.

Hier sah ich dich zum erstenmal,
In winterlicher Öde!
Wie war der Baum so nackt und kahl,
Wie warst du kalt und spröde!

Doch bald ergrünte Zweig nach Zweig,
Und alle Knospen trieben.
Da sprang dein Herz, den Knospen gleich,
Da fingst du an zu lieben.

Wie ist er jetzt von Blüten voll!
Wie wird er reichlich tragen!
Doch, wer ihn für dich schütteln soll,
Das wüßt ich nicht zu sagen.

Hei! Wie dich säuselnd jener Ast
Mit rotem Schnee bestreute,
Als ob er schon die schwere Last
Der künftgen Früchte scheute!

Wenn übers Meer der Herbstwind pfeift
Und an dem Mast mir rüttelt,
So denke ich: sie sind gereift,
Und er ists, der sie schüttelt!

Und muß mein Schiff vor seinem Braus
Gar an ein Felsriff prallen,
So ruf ich noch im Scheitern aus:
Die schönste will nicht fallen!

Friedrich Hebbel (1813–1863)

Der fliegende Holländer

Senta
(im Großvaterstuhl)
(Ballade)

I.

Johohoe! Johohohoe!
Hojohoe! Johoe!
Traft ihr das Schiff im Meere an,
blutrot die Segel, schwarz der Mast?
Auf hohem Bord der bleiche Mann,
des Schiffes Herr, wacht ohne Rast.
Hui! – Wie saust der Wind! – Johohe!
Hui! – Wie pfeift's im Tau! – Johohe!
Hui! – Wie ein Pfeil fliegt er hin,
ohne Ziel, ohne Rast, ohne Ruh! – –
Doch kann dem bleichen Manne Erlösung einstens noch werden,
fänd' er ein Weib, das bis in den Tod getreu ihm auf Erden! –
Ach! Wann wirst du, bleicher Seemann, sie finden?
Betet zum Himmel, daß bald
ein Weib Treue ihm halt'!

(Gegen Ende des Verses kehrt *Senta* sich gegen das Bild.
Die *Mädchen* hören teilnahmvoll zu; *Mary* hat aufgehört zu spinnen.)

II.
Bei bösem Wind und Sturmes Wut
umsegeln wollt' er einst ein Kap;
er flucht' und schwur mit tollem Mut:
»in Ewigkeit lass' ich nicht ab!« –
Hui! – Und Satan hört's! – Johohe!
Hui! – Nahm ihn bei'm Wort! – Johohe!
Hui! – Und verdammt zieht er nun
durch das Meer ohne Rast, ohne Ruh! – –
Doch, daß der arme Mann noch Erlösung fände auf Erden,
zeigt' Gottes Engel an, wie sein Heil ihm einst könne werden:
Ach! Könntest du, bleicher Seemann, es finden!
Betet zum Himmel, daß bald
ein Weib Treue ihm halt'!

Die Mädchen
(gerührt und ergriffen)

Ach! Könntest du, bleicher Seemann, es finden
Betet zum Himmel!

Senta
(fährt mit immer zunehmender Aufregung fort)

III.
Vor Anker alle sieben Jahr
ein Weib zu frei'n, geht er an's Land: –
er freite alle sieben Jahr',

G. Doré
H. PISAN

noch nie ein treues Weib er fand. –
Hui! – »Die Segel auf!« – Johohe!
Hui! – »Den Anker los!« – Johohe!
Hui! – »Falsche Lieb', falsche Treu'!
Auf, in See, ohne Rast, ohne Ruh!« – –

(*Senta*, zu heftig angegriffen, sinkt in den Stuhl zurück.)

Die Mädchen

(singen nach einer Pause tief ergriffen weiter.)

Ach! Wo weilt sie, die dir Gottes Engel einst könne zeigen?
Wo triffst du sie, die bis in den Tod dein bleibe treueigen?

Senta

(von plötzlicher Begeisterung hingerissen, springt vom Stuhle auf.)

Ich sei's, die dich durch ihre Treu' erlöse!
Mög' Gottes Engel mich dir zeigen!
Durch mich sollst du das Heil erreichen!

Die Matrosen

Halloho! Hallohoho!
Lieb' Nachbar'n, habt ihr Stimm' und Sprach',
so wachet auf und macht's uns nach

(Von hier an beginnt es sich auf dem holländischen Schiffe zu regen.)

Matrosen
(lachend)

Wachet auf! Wachet auf!
Auf! macht's uns nach!
(Sie trinken aus und stampfen die Becher heftig auf.)

Hussa!
Steuermann, lass' die Wacht!
Steuermann, her zu uns!
Ho! He! Je! Ha!
Hißt die Segel auf! Anker fest!
Steuermann, her! –
Wachten manche Nacht bei Sturm und Graus,
tranken oft des Meer's gesalz'nes Naß:
heute wachen wir bei Saus und Schmaus,
besseres Getränk gibt Mädel uns vom Faß.
Hussassahe! Klipp' und Sturm draus,
Jollolohe! lachen wir aus!
Hussassahe! Segel ein! Anker fest!
Klipp' und Sturm lachen wir aus!
Steuermann, lass' die Wacht!
Steuermann, her zu uns!
Ho! He! Je! Ha!
Steuermann her! Trink mit uns!

(Das Meer, welches sonst überall ruhig bleibt, hat sich im Umkreis des holländischen Schiffes zu heben begonnen; eine dunkelbläuliche Flamme lodert in diesem als Wachtfeuer auf, heftiger Sturmwind pfeift durch die Taue. Die Mannschaft, von der man zuvor nichts sah, hat sich beim Leuchten der Flamme belebt.)

Die Mannschaft des Holländers

Johohoe! Johohohoe!
Hojohohoe! Hoe! Hoe! Hoe!
Hui-ssa!

Nach dem Land treibt der Sturm –
Hui-ssa!
Segel ein! Anker los!
Hui-ssa!
In die Bucht laufet ein! –
Schwarzer Hauptmann, geh' an's Land,
sieben Jahre sind vorbei!
Frei' um blonden Mädchens Hand!
Blondes Mädchen, sei ihm treu!
Lustig heut'! Hui!
Bräutigam! Hui!
Sturmwind heult Brautmusik, – Ozean tanzt dazu!
Hui! – Horch, er pfeift! –
– Kapitän, bist wieder da? –
Hui! – Segel auf! –
Deine Braut, sag', wo sie blieb?
– Hui! – Auf, in See!
Kapitän! Kapitän! Hast kein Glück in der Lieb'!
Hahaha!
Sause, Sturmwind, heule zu!
Unsern Segeln läßt du Ruh'!
Satan hat sie uns gefeit, –
reißen nicht in Ewigkeit.
Hohoe! Hoe! nicht in Ewigkeit!

Richard Wagner (1813 – 1883)

König Karls Meerfahrt

Der König Karl fuhr über Meer
Mit seinen zwölf Genossen,
Zum heil'gen Lande steuert' er
Und ward vom Sturm verstoßen.

Da sprach der kühne Held Roland:
»Ich kann wohl fechten und schirmen,
Doch hält mir diese Kunst nicht stand
Vor Wellen und vor Stürmen.«

Dann sprach Herr Holger aus Dänemark:
»Ich kann die Harfe schlagen;
Was hilft mir das, wenn also stark
Die Wind' und Wellen jagen?«

Herr Oliver war auch nicht froh,
Er sah auf seine Wehre:
»Es ist mir um mich selbst nicht so
Wie um die Altekläre.«

Dann sprach der schlimme Ganelon,
Er sprach es nur verstohlen:
»Wär' ich mit guter Art davon,
Möcht' euch der Teufel holen!«

Erzbischof Turpin seufzte sehr:
»Wir sind die Gottesstreiter;
Komm, liebster Heiland, über das Meer
Und führ uns gnädig weiter!«

Graf Richard Ohnefurcht hub an:
»Ihr Geister aus der Hölle!
Ich hab' euch manchen Dienst getan,
Jetzt helft mir von der Stelle!«

Herr Naime diesen Ausspruch tat:
»Schon vielen riet ich heuer,
Doch süßes Wasser und guter Rat
Sind oft zu Schiffe teuer.«

Da sprach der graue Herr Riol:
»Ich bin ein alter Degen,
Und möchte meinen Leichnam wohl
Dereinst ins Trockne legen.«

Es war Herr Gui, ein Ritter fein,
Der fing wohl an zu singen:
»Ich wollt', ich wär' ein Vögelein,
Wollt' mich zu Liebchen schwingen.«

Da sprach der edle Graf Garein:
»Gott helf' uns aus der Schwere!
Ich trink' viel lieber den roten Wein
Als Wasser in dem Meere.«

Herr Lambert sprach, ein Jüngling frisch:
»Gott woll' uns nicht vergessen!
Äß' lieber selbst 'nen guten Fisch,
Statt daß mich Fische fressen.«

Da sprach Herr Gottfried lobesan:
»Ich lass' mir's halt gefallen,
Man richtet mir nicht anders an
Als meinen Brüdern allen.«

Der König Karl am Steuer saß,
Der hat kein Wort gesprochen,
Er lenkt das Schiff mit festem Maß,
Bis sich der Sturm gebrochen.

Ludwig Uhland (1787–1862)

Überfahrts-Bedingungen

(Norddeutscher Lloyd, Bremen 1912)

Die in diesem Handbuch angegebenen Fahrpreise verstehen sich für eine erwachsene Person.

Belegung von Plätzen

Zur Sicherung eines Platzes ist eine Anzahlung im Betrage des halben Fahrpreises erforderlich. Diese Anzahlung wird bei Lösung der Fahrkarte in Abzug gebracht. Die Anzahlung verfällt, wenn der betreffende Platz nicht benutzt wird. Die Anzahlung ist nicht übertragbar.

Ersatzdampfer

Sollte der in der Fahrkarte genannte Dampfer an dem festgesetzten Tage nicht abfahren können, so steht es der Gesellschaft frei, einen anderen Dampfer zu expedieren.

J. Gehrts
Auswanderer in Bremerhaven
1880

Caspar David Friedrich
Die Lebensalter
19. Jahrhundert

Kinder

Für Kinder über 12 Jahre ist der volle Fahrpreis zu entrichten. Kinder in Begleitung der Eltern: Für Kinder von 3 – 12 Jahren wird der halbe Fahrpreis berechnet, vorausgesetzt, daß zwei derselben ein Bett benutzen. Ein Kind unter 3 Jahren ist frei, bei mehreren Kindern unter 3 Jahren wird für jedes weitere derselben ein Viertel des Fahrpreises berechnet. Diese Klassifikation findet keine Anwendung auf den Preis der Fahrkarten um die Welt.

Dienstboten

Für europäische Dienstboten, welche in einem Zimmer der zweiten Klasse untergebracht werden, wird der Fahrpreis zweiter Klasse berechnet, ohne Rücksicht darauf, ob die Herrschaft in erster oder zweiter Klasse reist.

In Betreff der Fahrpreise von Europa und Ägypten nach Asien und Australien für europäische Dienstboten, welche in einem Zimmer der I. Klasse untergebracht werden, wird auf Seite 98 und 99 dieses Handbuches verwiesen.

Auf der Strecke Bremen resp. Hamburg-Suez, sowie auf den Zwischenstrecken ist in beiden Richtungen für europäische Dienstboten, für welche ein Bett erster Klasse beansprucht wird, der volle Passagepreis erster Klasse zu entrichten.

Die Mahlzeiten für Dienstboten werden an separaten Tischen serviert, entweder in der zweiten Klasse oder mit den Kindern zusammen in der ersten Klasse.

Eingeborene Dienstboten: Siehe Tarif-Seite 98 und 99.

Einschiffung

Die Kosten der Einschiffung und der Landung der Passagiere und ihres Gepäcks sind von diesen zu tragen, soweit nicht hiervon abweichende Bestimmungen für einzelne Häfen getroffen werden. Ferner haben die Passagiere die vor der Einschiffung, sowie am Lande in den Zwischenhäfen oder etwaigen Umschiffungshäfen entstehenden Aufenthaltskosten zu bestreiten. Der Norddeutsche Lloyd übernimmt keine Verantwortlichkeit für den Fall, daß der in den Umschiffungshäfen vorgesehene Anschluß nicht erreicht wird. Im Falle der Verspätung eines Dampfers haben die Passagiere die Kosten ihres Aufenthalts am Lande selbst zu tragen.

Unterbrechung der Reise

Der Inhaber einer Fahrkarte für einfache Fahrt von Europa nach einem Hafen Asiens oder Australiens kann die Reise in allen Häfen Asiens oder Australiens unterbrechen, vorausgesetzt, daß die ganze Reise innerhalb 12 Monaten zurückgelegt wird. Teilstreckenfahrkarten, welche nicht innerhalb dieses Zeitraumes, von der ersten Einschiffung an gerechnet, benutzt werden, sind ungültig. Die Gesellschaft garantiert nicht dafür, daß auf dem Dampfer, mit welchem die Weiterreise erfolgen soll, Platz frei ist. Falls die Reise in Italien und/oder Ägypten unterbrochen werden soll, so muß der Passagier dies bei Belegung des Platzes des Dampfers, mit welchem er die Reise antritt, erklären. Die Plätze für die Weiterreise von Italien resp. Ägypten können belegt werden, sobald der Passagier imstande ist, zu bestimmen, mit welchem Dampfer er die Reise fortsetzen will.

Auf Rückfahrkarten findet das vorstehend Gesagte ebenfalls Anwendung, mit der Einschränkung indes, daß die Rückreise innerhalb des Zeitraumes, für welchen die Hinundrückfahrkarte gültig ist, zurückgelegt werden muß.

In der Richtung nach Europa reisende Passagiere der ostasiatischen Linie, welche in Singapore, Penang oder Colombo resp. solche der australischen Linie, welche in Colombo ihre Reise unterbrechen wollen, müssen dies bei der Platzbelegung erklären. Die Unterbrechung der Reise in Ägypten kann erfolgen, vorausgesetzt, daß die Passagiere dem Zahlmeister des betreffenden Dampfers vor der Abfahrt von Colombo eine entsprechende Mitteilung machen. Es kann natürlich nicht dafür garantiert werden, daß dem Passagier dieselbe oder gleichwertige Akkommodation für die Weiterreise eingeräumt wird.

Verpflegung usw.

Die Fahrpreise schließen volle Beköstigung ein, jedoch nicht Wein, Bier, Spirituosen und Mineralwasser, welche an Bord zu Tarifpreisen zu haben sind. Es ist den Reisenden nicht gestattet, derartige Getränke für den Verbrauch während der Reise mitzunehmen.

Die Passagiere der I. und II. Klasse erhalten vollständige Betten, Bettwäsche und Handtücher.

Die Einrichtungen für die Unterkunft der Passagiere der III. Klasse der asiatischen Linie sind verschieden von denjenigen auf der australischen Linie.

Die Passagiere der III. Klasse der asiatischen Linie werden den höheren Fahrpreisen entsprechend in Zimmern untergebracht und erhalten vollständige Betten mit Matratzen, Federkissen, Decken und Bettwäsche. Waschtische sind in jedem der betreffenden Zimmer vorhanden. Seife und Handtücher werden den Passagieren geliefert.

Den Passagieren der III. Klasse der australischen Linie, welche in größeren Räumen (Zwischendeck) untergebracht werden, wird eine Seegrasmatratze mit weißem Bezug, Keilkissen, eine wollene Decke, sowie Eß- und Trinkgeschirr unentgeltlich geliefert. Diese Art der Unterkunft ist nur für Männer vorgesehen.

Den Passagieren der III. Klasse der australischen Linie, welche in Zimmern untergebracht sind, wird eine Seegrasmatratze, Keilkissen, Federkissen, eine oder zwei wollene Decken, Bettwäsche, Handtücher und Seife unentgeltlich geliefert.

Bei Einnahme der Mahlzeiten werden die Passagiere der III. Klasse beider Linien durch Stewards bedient. Für ausreichende Abwechslung in der Beköstigung wird Sorge getragen. Zum Frühstück wird außer Kaffee (oder Tee, falls gewünscht) nebst Brot und Butter noch

eine warme Speise gereicht, z.B. Beefsteak mit Sauce und Kartoffeln, Reis mit Curry usw. Das Mittagessen besteht aus Suppe, Gemüse, gebratenem Fleisch und Kartoffeln; dazu werden abwechselnd Pickles, Kompott oder Pudding gereicht. Zum Abendessen, bestehend aus Tee nebst Brot und Butter, wird ein warmer Gang gereicht.

Arzt

Es befindet sich ein staatlich approbierter Arzt an Bord, welcher die kostenfreie Behandlung aller während der Fahrt erkrankten Passagiere zu übernehmen hat, jedoch berechtigt ist, krank an Bord kommenden Kajütenpassagieren I. Kl. für seine Bemühungen ein Honorar zu berechnen.

Kranke Passagiere

Wenn Passagiere während der Fahrt erkranken oder durch einen Unfall zu Schaden kommen und dem Schiffsarzt ihr Verbleiben an Bord nicht rätlich erscheint, so steht dem Kapitän das Recht zu, solche Reisende in irgendeinem Anlaufhafen zu landen.

Auf Grund schriftlicher Bescheinigung des Schiffsarztes, daß irgendein Passagier, der sich an Bord irgendeines der Schiffe der Gesellschaft begeben hat oder begeben will, an irgendeiner Krankheit oder Verletzung leidet, oder sich in einem Gesundheitszustande befindet, entweder körperlich oder geistig, wodurch er oder sie unfähig zur Reise gemacht wird oder geeignet erscheint, die Gesundheit oder Sicherheit der andern Passagiere oder der Besatzung zu gefährden oder irgendwelchen der anderen Passagiere Ärgernis oder Unbequemlichkeit zu bereiten, soll der Kapitän eines solchen Schiffes das absolute Recht haben, dem Passagier die Einschiffung zu verweigern oder ihn oder sie wieder an Land bringen zu lassen.

Handbuch der Reichspostdampferlinien nach Australien und Ostasien.

Meeresstille

Ich seh' von des Schiffes Rande
Tief in die Flut hinein:
Gebirge und grüne Lande
Und Trümmer im falben Schein
Und zackige Türme im Grunde,
Wie ich's oft im Traum mir gedacht,
Das dämmert alles da unten
Als wie eine prächtige Nacht.

Seekönig auf seiner Warte
Sitzt in der Dämmerung tief,
Als ob er mit langem Barte
Über seiner Harfe schlief';
Da kommen und gehen die Schiffe
Darüber, er merkt es kaum,
Von seinem Korallenriffe
Grüßt er sie wie im Traum.

Joseph von Eichendorff (1788–1857)

Strandräuber

Es war in einer stürmischen Septembernacht, als ein alter Fischer, der sich aber, wie die meisten seiner Kameraden, hauptsächlich vom Strandrecht ernährte, am warmen Feuer in seiner Hütte saß. Seine Frau, ebenfalls schon ziemlich bejahrt, verriet durch den schroffen, unweiblichen Ausdruck ihres Gesichts, daß die Regungen des Mitleids ihrem Herzen ebenso fremd waren, wie dem ihres Mannes. Überhaupt ward das alte Ehepaar selbst von der rohen Nachbarschaft, in der es hier lebte, mit einer gewissen Scheu betrachtet, denn es war nicht hier auf französischem Boden geboren, sondern von der englischen Küste herübergekommen, die es, wie man munkelte, hatte meiden müssen, um nicht wegen schwerer Übeltaten den Galgen zu zieren.

»Heute Abend scheint's lustig draußen zuzugehen«, sagte die Frau des Fischers; »ich dächte, du gingest hinaus, damit nicht die anderen dir die besten Bissen wegschnappen.« »'s wahr«, sagte der Alte, indem er sich langsam von seinem Sitz am Feuer erhob. »Freilich

bliebe ich mit meinen alten steifen Knochen lieber hier am warmen Feuer sitzen, anstatt draußen in Sturm und Nässe herumzupatschen, aber … der Mensch will leben und muß sehen, wo er etwas dazu herkriegt. Wenn wir nur unsern John, den Teufelsbuben, noch hätten! Der wäre nun dreißig Jahre alt und könnte einem was Ordentliches nützen, während er nun schon seit fünfzehn Jahren in der Welt umherläuft oder am Ende schon gestorben ist.«

Mit diesen Worten zog der Alte seine großen Wasserstiefel an und ging, mit Laterne und Haken gerüstet, hinaus nach dem Strand, über den der rasende Sturm die Wellen landeinwärts peitschte. Er bemerkte bald, daß er nicht allein war, sondern bereits mehrere seiner Nachbarn sich in gleicher Absicht hier eingefunden hatten. Mehrere rasch aufeinander blitzende, aber in dem Geheul des Sturmes und dem Brausen der Wogen kaum hörbare Kanonenschüsse verkündeten, daß in der Tat ein Schiff mit dem Untergang kämpfte, anstatt aber Mitleid mit denen zu empfinden, die da drüben in der schwarzen Nacht nur den sicheren Tod vor Augen sahen, freuten sich diese Halbmenschen schon des Gewinns, der ihnen aus diesem Unglück erwachsen würde.

Nach der unbeweglichen Stellung des Schiffes zu urteilen, war es auf eins der vielen Riffe aufgerannt, die hier tückisch unter den Fluten lauerten, und bei dem matten Schein des eben aufgehenden, aber nur dann und wann durch einen Riß des schwarzen Gewölks hindurchblickenden Mondes glaubten die Fischer zu bemerken, daß das Schiff sein Boot aussetzte, weil es höchstwahrscheinlich leck geworden.

»Seht, sie kommen wirklich«, sagte einer der Fischer, »und ich dächte, wir stellten uns dahin, wo Ihr schon wißt, um ihnen den Weg zu zeigen.«

Die Bosheit und Habgier dieser Menschen ging nämlich so weit, daß sie bei Gelegenheiten wie der gegenwärtigen, anstatt den herannahenden Booten einen günstigen Landungsplatz, deren mehrere vorhanden waren, zu zeigen, sich mit ihren Laternen allemal an einen besonders gefährlichen Punkt stellten, um auf diese Weise die Schiffbrüchigen in das sichere Verderben zu locken.

Die hohen Wassermassen wälzten sich einher und stürzten, wenn sie am höchsten gestiegen waren, in Gischt zusammen oder gruben mit heiserem Gebrüll tiefe Höhlen in den Sand ein, als ob sie die Absicht hätten, die Erde zu unterminieren. Wogende Berge verwandelten sich in Täler, wogende Täler schwollen zu Bergen an, ungeheure Wasser-

massen erschütterten den Strand mit dröhnendem Gebraus, und oben am Himmel flogen die Wolken schnell und dicht wie ein Heer schwarzer höllischer Geister.

Durch diesen Aufruhr der Elemente hindurch schwankte das unglückliche Boot, durch den trügerischen Schein der in einer dichten Gruppe beisammenstehenden Laternen angezogen, dem Lande näher, und schon mochte mancher der unglücklichen Schiffbrüchigen der Rettung nahe zu sein glauben, als das Boot auf einmal von dem Strudel gepackt ward, der diese Stelle eben so gefährlich machte. Im Nu war es verschwunden, um nach wenigen Augenblicken umgestürzt und leer wieder zum Vorschein zu kommen. Alle, die darin saßen, waren bis auf einen einzigen Mann in die schaudervolle Tiefe hinabgesunken. Dieser einzige Mann kämpfte mit den Wogen und suchte eine weiter unten gelegene, weniger steile Stelle des Strandes zu erreichen.

Wenn die Verworfenen, die den Untergang des Bootes mit lautem Freudengeschrei begrüßten, weil sie dadurch zu Herren des drüben auf dem Riff liegenden Wracks gemacht wurden, doch noch eine rühmliche Eigenschaft besaßen, so war es die des Mutes, und wer selbst mutig ist, der ehrt und bewundert auch gern den Mut anderer. So kam es, daß die Fischer, als sie so dem kühnen Schwimmer zusahen, für den Augenblick vergaßen, daß ihnen mit seinem Tode mehr gedient war als mit seinem Leben, und der Alte, der in seinen jüngeren Jahren selbst ein Schwimmer gewesen, welcher seinesgleichen gesucht, ließ sich von seiner Bewunderung so weit hinreißen, daß er dem Schiffbrüchigen ein Seil zuwarf und ihn dann an diesem den steilen Strand heraufzog. Erst als der Gerettete oben stand, fühlte der Alte, daß er eigentlich von seinem Standpunkt als Strandräuber aus einen dummen Streich begangen hatte, und gern hätte er den eben vor Erschöpfung ohnmächtig Niedersinkenden wieder ins Wasser geschleudert, wenn er sich nicht gescheut hätte, einen offenen Mord vor den Augen seiner Kameraden zu begehen.

Er schaute mit verzerrter Miene den besinnungslos am Boden liegenden Geretteten an.

»Da Ihr Euch den Fisch gefangen habt, Miller«, sagte einer von den Fischern zu dem Alten, »so nehmt ihn nur auch mit. Morgen, wenn er ausgeschlafen hat, werden wir ja sehen, wer er ist, und ob vielleicht sonst noch jemand drüben auf dem Wrack sitzt.«

Der Schiffbrüchige ward demgemäß in Millers Hütte getragen, wo seine Ohnmacht bald in einen festen Schlaf überging. Miller, der während des Transportes seines Gastes, den er selbst hatte tragen helfen, etwas Hartes unter dessen Kleidern bemerkt, war nach dem Weggang der Nachbarn aus seiner Hütte nicht entgangen, daß der gerettete Fremdling eine reichgefüllte sogenannte Geldkatze um den Leib trug. Behutsam schnallte er sie ihm ab und

begab sich in das Nebengemach, um beim Schein seiner Lampe den Inhalt des großen Lederbeutels genauer zu untersuchen. Zu seinem Erstaunen war dieser mit mehreren Hunderten blanker Goldstücke gefüllt, und die Frau des Fischers, die vorher schon weidlich geschimpft hatte, daß ihr Mann statt erhoffter Beute einen ungebetenen Gast ins Haus brachte, kam bei dem Anblick des Goldes plötzlich auf andere Gedanken.

»Das geben wir nicht wieder her«, sagte sie, indem sie die funkelnden Goldstücke mit gierigen Blicken verschlang. »Der Fremde schläft, und es kommt ja bloß auf uns an, ob er wieder erwachen soll oder nicht. So gut wie uns ein solcher Fang vor zwanzig Jahren drüben auf der andern Seite des Wassers gelang, so gut kann es uns auch jetzt gelingen.«

Nach einigem Hin- und Herreden war das entmenschte Paar einig. Leise schlich der Alte wieder in das Gemach zurück, wo der Schiffbrüchige, ein schöner, junger Mann, noch in festem Schlaf lag, stürzte sich plötzlich auf ihn und schnürte ihm mit eiserner Faust die Kehle zu, bis das Leben entflohen war.

»Komm herein!« rief der Mörder seiner würdigen Genossin zu, »das Geschäft ist gemacht. Ehe wir ihn aber forttragen und ins Wasser werfen, wollen wir erst sehen, ob er vielleicht noch sonst etwas bei sich hat, was die Mühe des Behaltens lohnt.«

Mit diesen Worten durchsuchte er alle Taschen des Gemordeten, fand aber nicht mehr als eine Brieftasche, die er begierig öffnete, weil er Papiergeld darin zu finden hoffte. Sie enthielt jedoch außer einigen Kleinigkeiten weiter nichts als einen zusammengefalteten Reisepaß, den er neugierig auseinander schlug, um zu sehen, was für ein Landsmann der Gemordete sei. Aber wer beschreibt sein Entsetzen, als er den Namen John Miller las und dadurch die Überzeugung gewann, daß er den eigenen Sohn gemordet hatte! – eine Überzeugung, die durch den genauen Anblick des Erwürgten in ihrem vollen Umfang bestätigt ward.

So verstockt und ergraut in Verbrechen die beiden alten Leute auch waren, so ward durch dieses entsetzliche Ereignis ihr trotziger Sinn doch auf das Furchtbarste gebrochen, und laut jammernd warfen sie sich neben der Leiche nieder. Hier fand sie in dumpfem Hinbrüten am andern Morgen ein Teil der Schiffbrüchigen, dem es gelungen war, sich noch während der Nacht auf einem Boot zu retten und mit Mühe und Not die Küste zu erreichen. Durch sie wurden die Kindesmörder den Händen der strafenden Gerechtigkeit überliefert.

Leopold Knorbelsberger

Drei Schiffer

Es fuhren drei Schiffer hinaus auf das Meer,
Der Abschied, der machte das Herz ihnen schwer.
Der erste nahm Abschied von seiner Braut,
Die rang die Hände und jammerte laut.
Der zweite, der küßte sein Weib auf das Haar:
»Will's Gott, kehr' ich heim noch in diesem Jahr!«
Der dritte, der sagte der Mutter ade
Die gab ihren Segen ihm mit auf die See.

Und als sie wiederkehret die drei.
Da hatte die Braut ihm gebrochen die Treu.
Das Weib schloß im Tode die Augen zu,
Schlief drunten im Grabe die ewige Ruh.
Das Mütterchen aber, das harrte am Strand,
Begrüßte den Sohn mit segnender Hand!

Verfasser unbekannt

Im Malstrom
(Wlimar 1918)

Wir drei, meine beiden Brüder und ich, waren um zwei Uhr nachmittags zu den Inseln hinübergefahren und hatten unser Fahrzeug in kurzer Zeit mit trefflichen Fischen beladen, welche, wie uns auffiel, an diesem Tag reichlichere Beute gewährten als sonst. Nach meiner Uhr war es gerade sieben, als wir lichteten und zur Heimfahrt aufbrachen, um bei ruhigem Wetter durch die schlimmste Stelle der Strömung zu gelangen, welche, wie wir wußten, um acht Uhr eintreten mußte.

Auf einmal bemerkten wir in unserem Rücken eine Brise, die über den Helseggen herkam. Dies war ganz ungewöhnlich – noch niemals war uns so etwas begegnet – mir ward bange, ohne zu wissen warum. Wir richteten uns nach dem Winde, konnten jedoch der Wirbel wegen nicht voran kommen, und ich wollte gerade vorschlagen, wir sollten wieder zum Ankerplatz zurückkehren, als wir beim Aufblicken den ganzen Horizont von einer eigentümlichen kupferfarbenen Wolke bedeckt sahen, welche mit merkwürdiger Eile heraufstieg.

Gleichzeitig legte sich plötzlich der bisherige Wind, die See war totenstill, und wir trieben nach jeder Richtung ins Ungewisse umher. Übrigens dauerte dieser Zustand nicht so lange, daß wir darüber hätten nachdenken können. In weniger als einer Minute überfiel uns der Sturm – in weniger als zwei war der Himmel vollständig bezogen – und dadurch, verbunden mit dem aufspritzenden Schaum, wurde es plötzlich so dunkel, daß wir in der Schmack einer den andern nicht sehen konnten.

Wir hatten unsere Segel klugerweise vorher gelöst, aber gleich beim ersten Stoß stürzten unsere beiden Masten über Bord, als wären sie abgesägt worden – der Hauptmast nahm meinen jüngsten Bruder mit sich fort, der sich sicherheitshalber an diesen angebunden hatte.

Einige Sekunden lang waren wir vollständig überflutet, und währenddessen hielt ich den Atem an und klammerte mich an den Bolzen. Als ich nicht mehr konnte, erhob ich mich auf

die Knie, mit den Händen mich immer noch festhaltend, so bekam ich doch einen klaren Kopf. Zur gleichen Zeit schüttelte sich unser kleines Boot, so wie ein Hund es macht, der aus dem Wasser kommt, und befreite sich dadurch gewissermaßen vom Wasser. Ich bemühte mich gerade, die Betäubung, die mich überfallen hatte, los zu werden und meine Sinne soweit zu sammeln, um zu sehen, was nun zu tun sei, als ich fühlte, daß jemand mich am Arme packte. Es war mein ältester Bruder, und mein Herz schlug in freudiger Erregung, denn ich war fest überzeugt gewesen, auch er sei über Bord gespült worden – aber schon im nächsten Augenblick war die ganze Freude in Entsetzen verkehrt – denn er näherte seinen Mund dicht an mein Ohr und kreischte das Wort: »Moskoestrom!«

Es ist unbeschreiblich, was ich in diesem Moment fühlte. Es schüttelte mich vom Kopf bis zu den Füßen, als wäre ich mitten im heftigsten Fieber. Ich wußte genau, was er mir mit dem einen Wort sagen und zu verstehen geben wollte. Mit dem Wind, der uns jetzt trieb, mußten wir in den Stromwirbel geraten, davor konnte uns nichts retten!

Zu dieser Zeit hatte sich die erste Wut des Sturmes erschöpft, oder vielleicht fühlten wir ihn auch weniger, da wir ihn im Rücken hatten, auf jeden Fall aber erhoben sich jetzt die Wellen, welche bisher der Wind niedergehalten hatte, zu Bergeshöhe. Auch der Himmel hatte sich eigentümlich verändert. Rund herum, nach allen Richtungen hin, war es noch stockfinster, aber gerade über unsern Köpfen befand sich ein Wolkenriß, und wir erblickten ein Stück so klaren tiefblauen Himmel, als man nur sehen konnte, an dem der Vollmond mit niegesehenem Glanz aufging. Er erleuchtete alles rings um uns mit größter Deutlichkeit, aber – o Gott! – was für einen Schauplatz hellte er da auf!

Ich zog die Uhr aus der Tasche. Sie ging nicht mehr. Ich betrachtete ihr Zifferblatt im Mondschein, dann brach ich in Tränen aus und schleuderte sie ins Meer. Sie war um sieben Uhr stehengeblieben! Die Ruhezeit der See war längst vorüber, und der Wirbel der Strömung war in seiner vollen Wut!

Wenn ein Schiff gut gebaut, ordentlich ins Gleichgewicht gesetzt, nicht zu schwer beladen ist und mit dem Winde geht, dann scheinen ihm die Wellen stets auszuweichen – was einer Landratte immer so seltsam scheint – in der Seemannssprache nennt man dies

‚reiten'. Nun also, bis jetzt waren wir ganz geschickt auf den Wogen geritten, nun aber kam uns eine riesige Welle entgegen, erfaßte uns und hob uns höher und höher – als ob es in den Himmel hineinginge. Nie hatte ich geglaubt, daß eine Welle so hoch steigen kann. Dann aber ging's mit glitschender, schleifender, tauchender Bewegung abwärts, so daß mir elend und schwindelig zumute war, als fiele ich im Traum von einem hohen Bergesgipfel hinunter. Aber während wir oben waren, hatte ich rasch umhergeblickt – und dieser Blick genügte. Im Augenblick wußte ich genau, woran wir waren. Der Strudel des Moskoestromes lag etwa eine Viertelmeile vor uns – aber er glich so wenig dem sonstigen Moskoestrom als der Strudel. Hätte ich nicht gewußt, wo wir waren und was uns bevorstand, so hätte ich die Stelle nicht wiedererkannt. So schloß ich vor Entsetzen unwillkürlich die Augen. Die Lider krampften sich wie im Todeskampf zusammen.

Kaum zwei Minuten später fühlten wir die Wogen plötzlich nachgeben, wir wurden von Gischt eingehüllt. Das Schiff machte eine halbe Drehung nach Backbord und schoß dann blitzschnell in dieser neuen Richtung fort. Gleichzeitig verlor sich das tobende Geräusch des Wassers vollständig in einer Art schrillem Gekreisch – ein Ton, als pfiffen die Ventile tausender von Dampfschiffen beim Auslassen des Dampfes. Wir befanden uns jetzt in jenem Schaumgürtel, der immer den Strudel umgibt, und selbstverständlich dachte ich, der nächste Augenblick würde uns in den Abgrund versenken – in diesen konnten wir nur undeutlich hineinsehen aufgrund der staunenswerten Eile, mit welcher wir vorangetrieben wurden. Es war, als ob das Schiff überhaupt nicht ins Wasser sänke, sondern wie eine Luftblase über dem Schaum hinstriche. Seine Steuerbordseite war dem Strudel zugekehrt und hinter Backbord erhob sich die Wasserwelt, die wir verlassen hatten. Sie stand wie eine ungeheure, verzerrte, schiefe Wand zwischen uns und dem Horizont.

Es mag seltsam scheinen, aber jetzt, als wir uns beinahe schon im Rachen des Schlundes befanden, fühlte ich mich ruhiger, als da wir erst in Annäherung begriffen waren. Nachdem ich einmal alle Hoffnung aufgegeben hatte, war ich nun zum großen Teil von dem ersten überwältigenden Entsetzen befreit. Vermutlich stahl gerade die Verzweiflung meine Nerven.

Es gab noch einen andern Umstand, der mit dazu beitrug, mir meine Selbstbeherrschung wiederzugeben, dies war das Aufhören des Windes, der uns in unserer jetzigen Position nicht erreichen konnte – denn, dieser Schaumgürtel ist beträchtlich niedriger als das Meeres-

bett im allgemeinen, welches sich über uns gleich einer hohen, schwarzen Bergkuppe aufschwang.

Wie oft wir im Schaumgürtel im Kreise herumtrieben, läßt sich nicht feststellen. Möglicherweise drehten wir uns wohl eine Stunde lang eher fliegend als schwimmend langsam in der Mitte der Gischt und dann immer näher an seinen gräßlichen inneren Rand. Ich hatte mich die ganze Zeit hindurch am Ringbolzen festgehalten. Mein Bruder war am Hintersteven und hielt sich an einem leeren Wasserfäßchen, welches genug festgebunden und deshalb der einzige Gegenstand auf dem Verdeck geblieben war, den der erste Ausbruch des Sturmes nicht über Bord geschleudert hatte. Als wir uns dem Rand der Vertiefung näherten, ließ er es los und stürzte sich auf den Ring, indem er in seiner Todesangst versuchte, meine Hände davon abzureißen, da dieser nicht groß genug war, uns beiden einen sicheren Halt zu bieten. Niemals empfand ich tiefern Gram, als ich ihn dies tun sah – obwohl ich ja wußte, er tat es im Wahnsinn – die reine Angst hatte seinen Geist verwirrt. Dennoch mochte ich ihm keinen Widerstand leisten. Ich wußte, daß es nicht mehr darauf ankam, ob einer von uns sich irgendwo festhielt oder nicht, deshalb überließ ich ihm den Bolzen und begab mich zum Faß. Es war nicht schwierig, dies auszuführen, denn die Schmack bewegte sich ziemlich gleichmäßig in der Runde mit glattem Kiel, und schwankte nur hin und her im unermeßlichen Sieden und Schwellen des Strudels. Kaum hatte ich meine neue Stellung eingenommen, als wir mit einem wilden Satz nach Steuerbord Hals über Kopf in den Abgrund stürzten. Ich murmelte hastig ein paar Gebetsworte und dachte, daß nun alles vorüber sei.

Als ich fühlte, wie übel und schwindelig mir beim Untergehen wurde, klammerte ich mich instinktiv noch fester an die Tonne und schloß meine Augen. Einige Sekunden lang wagte ich dieselben nicht zu öffnen, da ich ein rasches Ende erwartete und mich nur wunderte, daß die Todeszuckungen im Wasser noch nicht erfolgten. Aber es verstrich Augenblick um Augenblick, und ich lebte noch. Das Gefühl des Fallens hatte aufgehört und die Bewegung des Fahrzeuges erschien mir nicht anders als vorher, als es sich im Schaumgürtel befand, nur mit dem Unterschied, daß es jetzt mehr der Länge nach ging. Ich faßte Mut und betrachtete wieder den Schauplatz.

Niemals werde ich das Gefühl von Schrecken, Furcht und Bewunderung vergessen, mit dem ich herumblickte. Das Schiff schien wie durch Zauber abwärts auf der inneren Fläche eines ungeheuer weiten und tiefen Trichters zu hängen, dessen vollständig glatte Seitenwände für Ebenholz hätten gehalten werden können, wäre man nicht der rasenden Geschwindigkeit gewahr geworden, mit welcher die Wände sich drehten, und des grausig blendenden Glanzes, als die Strahlen des Vollmondes aus jenem Wolkendurchbruch hervor mit einer Flut goldiger Strahlen zwischen die schwarzen Wände, bis tief in die verborgensten Winkel des Abgrundes hineinschienen.

Zuerst war ich zu verwirrt, um irgend etwas genau zu beobachten. Der allgemeine Eindruck furchtbarer Größe allein war mir bewußt. Als ich ein wenig mehr zu mir kam, fiel mein Blick instinktiv hinunter. Dort konnte ich einen ungehinderten Einblick darüber gewinnen, in welcher Art die Schmack auf der geneigten Fläche des Schlundes hing. Sie befand sich ganz auf ebenem Kiel – das heißt, ihr Deck lag in flacher Parallele mit dem Wasser – aber dies letztere war in einem Winkel von mehr als fünfundvierzig Grad abgeschrägt, so daß es mir schien, als befinde sich das Schiff in nahezu senkrechter Lage.

Nichtsdestoweniger bemerkte ich, daß ich kaum größere Schwierigkeiten hatte, mich in dieser Lage mit Händen und Füßen festzuhalten, als wenn wir wassergleich gewesen wären und dies mag wohl von der Geschwindigkeit hergerührt haben, mit der wir uns drehten.

Die Strahlen des Mondes schienen sich in den innersten Grund des tiefen Schlundes hineinzubohren, aber trotzdem konnte ich nichts genau erkennen aufgrund des dichten Nebels, der dort alles umhüllte und über welchem ein prachtvoller Regenbogen zitterte gleich einer schmalen und schwankenden Brücke, von der die Muselmänner sagen, diese sei der einzige Steg zwischen Zeit und Ewigkeit. Dieser Nebel oder Dunst wurde zweifellos dadurch verursacht, daß die großen Wasserwände des Trichters beim Zusammentreffen unten am Boden aneinander schlugen. Was aber aus diesem Wasserstaub hinauf gen Himmel heulte, das zu schildern, wage ich nicht.

Unser erstes Hinabgleiten in den eigentlichen Abgrund vom Schaumgürtel über denselben hatte uns ein gutes Stück in den Abhang hineingerissen, aber jetzt kamen wir nicht in gleicher Geschwindigkeit abwärts. Wir schwangen uns immer noch hin und her – nicht etwa in gleichförmiger Bewegung – sondern stoß- und ruckweise, manchmal nur ein paar hundert Schritte weit – manchmal fast den ganzen Umkreis des Strudels entlang. Unser Abwärtskommen bei solchen Umschwüngen war langsam, aber merklich.

Als ich in dieser weiten Wüste aus flüssigem Ebenholz, welche uns trug, umherschaute, bemerkte ich, daß unser Schiff nicht der einzige Gegenstand war, den der Strudel an sich gerissen hatte. Über und unter uns erblickte ich Trümmer von Schiffen, Massen von Bauholz und Baumstämmen, sowie auch kleinere Sachen wie z.B. Hausgeräte, zerbrochene

Brugada
Isabell II.; Der erste Schraubendampfer der königlichen Kriegsflotte
Um 1850

Hans Bohrdt
Der viermastige Klipper »Peter Rickmers«
Um 1890

Kisten, Tonnen und Latten. Meine tolle Neugier schien bei mir noch zuzunehmen, je näher ich meinem schrecklichen Verhängnis kam. Ich fing an, mit eigentümlichem Interesse die zahlreichen Dinge zu beobachten, die mit uns umhertrieben. Wahrscheinlich phantasierte ich bereits in der Todesnot, denn es machte mir sogar Vergnügen, hin und her zu raten, welcher Gegenstand wohl am schnellsten in die Schaumwelt da unten hinabgerissen werden würde. Ich ertappte mich, daß ich zu mir sprach: »Diese Föhre wird sicherlich die erste sein, die den gräßlichen Sprung macht und verschwindet« – und dann war ich sehr enttäuscht, zu sehen, daß das Wrack eines holländischen Kauffahrtschiffes schneller war und früher versank. Schließlich führte mich dieses Ratespiel, bei dem ich immer falsch gerechnet hatte, zu einer Reihe von Schlüssen, die mein Herz nochmals heftig schlagen ließen. Ich bemerkte dreierlei Wichtiges: Das erste war, daß, je größer die Körper waren, sie desto schneller versanken, das zweite: daß von zwei Gegenständen derselben Ausdehnung, von welchen der eine kugelförmig, der andere von irgendeiner anderen Gestalt war, stets der kugelförmige mit größerer Schnelligkeit unterging, das dritte: daß von zwei Gegenständen gleicher Größe, von denen der eine die Form eines Zylinders, der andere irgendeine andere Form hatte, der Zylinder am langsamsten eingeschluckt wurde.

Es gab noch einen auffallenden Umstand, der viel dazu beitrug, diese Beobachtungen zu stärken und mich antrieb, Nutzen daraus zu ziehen. Dies war, daß wir bei jeder Umwälzung an irgend einem Gegenstand vorbeikamen, etwa an einer Tonne, einem Schiffsmast oder einer Segelstange, während mehrere dieser Dinge sich jetzt ziemlich hoch über uns befanden und sich nur wenig von ihrem damaligen Standpunkte herunter bewegt zu haben schienen.

Nun zauderte ich nicht länger. Ich beschloß, mich fest an das Wasserfaß, an dem ich mich jetzt festhielt, anzubinden, es loszuschneiden und mich mit demselben ins Wasser zu werfen. Ich versuchte, die Aufmerksamkeit meines Bruders durch allerhand Zeichen zu erregen und tat alles, was nur in meinen Kräften war, um ihm verständlich zu machen, was ich beginnen wollte. Ich dachte endlich, er verstünde meine Absicht, aber er schüttelte verzweifelt den Kopf und wollte sich von seinem Halt am Ringbolzen nicht entfernen. Es war unmöglich, ihn zu erreichen. Die Situation erlaubte keinen Aufschub, weshalb ich nach schwerem inneren Kampf ihn seinem Schicksal überließ, mich selbst mit den Stricken, welche die Tonne an ihrer Position festgehalten hatten, anband und mich, ohne nur noch einen Augenblick zu zögern, mit ihr in die See stürzte.

Es mochte vielleicht eine Stunde vergangen sein, seit ich die Schmack verlassen hatte, da lag sie schon in weiter Entfernung unter mir. Plötzlich machte sie drei bis vier rasende Umdrehungen und tauchte mit einem Mal für immer und ewig Hals über Kopf in das Chaos von Schaum da unten. Mit ihr versank mein geliebter Bruder. Das Faß, an dem ich angebunden war, sank weniger tief nach dem Trichterboden zu. Seit ich jenen Sprung getan, begann sich auf einmal der Charakter des Strudels ungemein zu verändern. Die Schräge der Seitenwände des weiten Trichters wurde von Minute zu Minute flacher. Die Umdrehungen des Strudels wurden nach und nach langsamer. Allmählich verschwand der Schaum ebenso wie der Regenbogen, und es schien, als höbe sich der Boden des Strudels von unten hinauf. Der Himmel war klar, die Winde hatten sich gelegt, und der Vollmond schien glänzend im Westen, da befand ich mich an der Oberfläche des Meeres, vor der Küste von Lofodden, oberhalb der Stelle, wo der Moskoestrom gewesen war. Es war die Ruhepause eingetreten – aber als eine Folge des Orkans schlug die See noch immer haushohe Wellen. Ich wurde mit aller Gewalt durch den Strömungskanal gerissen und innerhalb weniger Minuten in die Nähe der Küste gespült, dort wo unsere Fischer ihre Lieblingsstellen haben. Ein Boot nahm mich auf. Ich war halb tot, erschöpft und jetzt (wo die Gefahr vorüber war) sprachlos in der Erinnerung an ihre Greuel. Die mich an Bord nahmen, waren meine alten Jugendfreunde und tägliche Gefährten, aber sie erkannten mich nicht und betrachteten mich, als sei ich ein Wanderer aus dem Geisterlande.

Edgar Allan Poe (1809 – 1849)

Meeresstille

Tiefe Stille herrscht im Wasser,
Ohne Regung ruht das Meer,
Und bekümmert sieht der Schiffer
Glatte Fläche ringsumher.
Keine Luft von keiner Seite!
Todesstille fürchterlich!
In der ungeheuern Weite
Reget keine Welle sich.

Johann Wolfgang von Goethe (1749–1832)

Der Traum aller Jungen

In meiner Kindheit hatten wir Jungen aus unsrem Dorf am westlichen Ufer des Mississippi alle nur einen dauerhaften Wunsch, nämlich zur Dampfschiffahrt zu gehen. Zwischendurch wollten wir auch etwas anderes werden, doch dies dauerte nie lange. War ein Zirkus dagewesen, brannten wir darauf, Clowns zu werden; die ersten Neger-Minstrels, welche in unserer Gegend auftraten, ließen uns mit der Sehnsucht zurück, uns unters fahrende Volk zu mischen, und ab und zu gaben wir uns sogar der Hoffnung hin, Gott würde uns, wenn wir immer brav blieben, See-Piraten werden lassen. Diese Wunschträume verblaßten einer wie der andere, aber der mit dem Dampfschiff ließ uns nicht mehr los.

Täglich einmal kam ein billiges, buntes Paketboot von St. Louis stromaufwärts und eins von Keokuk stromabwärts. Davor war der Tag voll herrlicher Erwartung, danach tot und leer. Nicht nur für uns Jungen, sondern für die ganze Ortschaft. Noch heute, nach all den Jahren, sehe ich es genauso wie damals vor mir. Die weißen, im Sonnenschein eines Sommermorgens dösenden Häuser; die Straßen leer oder beinahe leer; vor den Läden der Wasserstraße sitzt hier und da ein Kommis auf einem Stuhl mit Korbsitz, nach hinten gegen die Wand gekippt, das Kinn auf der Brust, den Hut übers Gesicht gestülpt, ist er eingeschlafen, und die vielen Holzschnipsel ringsum zeigen, was ihn so erschöpft hat; den Bürgersteig entlang schnüffelt eine Sau mit ihren Ferkeln und labt sich an Melonenabfällen; am Landeplatz liegen ein paar vereinsamte Häufchen Fracht und auf der Schräge des gepflasterten Kais ein Stapel Ladebalken, in deren Schatten der fuselduftende Trunkenbold des Dorfes seinen Rausch ausschläft; vorn am Pier schaukeln zwei, drei Holzprahme, doch nirgends eine Menschenseele, die dem friedlichen Dagegenplätschern der Wellen lauscht; der große Mississippi, der majestätische, der herrliche Mississippi wälzt seine Fluten meilenweit dahin und glitzert in der Sonne; auf der anderen Seite drüben der dichte Wald, die beiden »Points« ober- und unterhalb der Stadt, welche den Blick begrenzen und den Fluß in eine Art Ozean verwandeln, in einen unbewegten, glänzenden, einsamen Ozean. Plötzlich steigt über einer jener fernen Baken schwacher dunkler Rauch auf. Sofort läßt ein farbiger

Lastträger, berühmt wegen seines scharfen Auges und seiner gewaltigen Stimme, den Ruf tönen: »Daaampfboot kooommt!«, und mit einem Schlag verändert sich das Bild! Der Trunkenbold reibt sich die Augen, die Ladenschwengel wachen auf, ein Rattern und Rumpeln von Rollwagen folgt. Menschen ergießen sich aus jedem Haus und jedem Laden und im Nu strömt Leben in die tote Stadt. Wagen, Karren, Männer, Jungen, aus allen Ecken und Enden eilen sie demselben zentralen Punkt zu, dem Kai. Alles, was sich dort versammelt, starrt auf den einlaufenden Dampfer wie auf ein Wunder, welches sie zum erstenmal erblicken. Es ist auch eine Augenweide, dieses lange, schnittige und schmucke Schiff. Es hat zwei hohe, phantastisch gezackte Schornsteine, zwischen denen eine vergoldete Verzierung hängt; auf dem dahinterliegenden Texasdeck thront ein bombastisches Steuerhaus ganz aus Glas und im Zuckerbäckerstil; an den Radkästen prangt der Name des Schiffes, umrahmt von einem goldenen Strahlenkranz oder unter einem Bild. Maschinendeck, Oberdeck und Texasdeck sind mit schneeweißen Relingen verziert; vom Göschstock weht eine staatliche Fahne; die Kesseltüren stehen offen, und munter flackern die Feuer, die oberen Decks sind schwarz von Passagieren; neben der großen Glocke steht ruhig und imposant der Kapitän, von allen beneidet; aus den Schornsteinen rollen und quellen Massen schwärzesten Rauchs. Auf dem Vorderdeck hat sich die Mannschaft versammelt; am Bug wird die breite Landebrücke weit nach backbord hinausgeschoben, auf ihrem Ende malerisch mit einer Rolle Tau in der Hand ein bewunderter Matrose, zischend schießt der gedrosselte Dampf durch die Ventile; der Kapitän hebt die Hand, eine Glocke tönt, die Räder stocken, greifen noch ein paarmal rückwärts, buttern das Wasser zu Schaum, und der Dampfer liegt ruhig. Und dann das Durcheinander, Gehaste und Gejage, um an Bord und von Bord zu kommen, Fracht ein- und Fracht auszuladen, alles gleichzeitig. Dazu das Gebrüll und Gefluche, mit dem sich die Maate die Arbeit erleichtern! Zehn Minuten später ist der Dampfer schon wieder auf Fahrt, ohne aber daß am Göschstock eine Flagge flattert und ohne daß schwarzer Rauch aus den Schornsteinen steigt. Noch weitere zehn Minuten und die Stadt liegt wieder wie ausgestorben da, und der Trunkenbold schläft neben seinen Ladebalken weiter.

Mark Twain (1835 – 1910) aus: Leben auf dem Mississippi

Die unüberwindliche Flotte

Nach einem älteren Dichter

Sie kömmt – sie kömmt, des Mittags stolze Flotte,
Das Weltmeer wimmert unter ihr,
Mit Kettenklang und einem neuen Gotte
Und tausend Donnern naht sie dir.
Ein schwimmend Heer furchtbarer Citadellen
– Der Ozean sah ihresgleichen nie,
Unüberwindliche nennt man sie –

Zieht sie einher auf den erschrocknen Wellen;
    Den stolzen Namen weiht
    Der Schrecken, den sie um sich speit.
Mit majestätisch stillem Schritte
    Trägt seine Last der zitternde Neptun;
Weltuntergang in ihrer Mitte,
    Naht sie heran, und alle Stürme ruhn.
    Dir gegenüber steht sie da,
Glücksel'ge Insel – Herrscherin der Meere,
Dir drohen diese Gallionenheere,
    Großherzige Britannia!
Weh deinem freigebornen Volke!
Da steht sie, eine wetterschwangre Wolke.
Wer hat das hohe Kleinod dir errungen,
    Das zu der Länder Fürstin dich gemacht?
Hast du nicht selbst, von stolzen Königen gezwungen,
    Der Reichsgesetze weisestes erdacht,
Das große Blatt, das deine Könige zu Bürgern,
    Zu Fürsten deine Bürger macht?
    Der Segel stolze Obermacht,
Hast du sie nicht von Millionen Würgern
    Erstritten in der Wasserschlacht?
Wem dankst du sie – errötet, Völker dieser Erde! –
Wem sonst, als deinem Geist und deinem Schwerte?
Unglückliche – blick hin auf diese feuerwerfenden Kolossen,
    Blick hin und ahnde deines Ruhmes Fall!
    Bang schaut auf dich der Erdenball,
Und aller freien Männer Herzen schlagen,

Und alle gute, schöne Seelen klagen
  Teilnehmend deines Ruhmes Fall.
  Gott der Allmächt'ge sah herab,
Sah deines Feindes stolze Löwenflaggen wehen,
  Sah drohend offen dein gewisses Grab.
Soll, sprach er, soll mein Albion vergehen,
  Erlöschen meiner Helden Stamm,
  Der Unterdrückung letzter Felsendamm
Zusammenstürzen, die Tyrannenwehre
Vernichtet sein von dieser Hemisphäre?
  Nie, rief er, soll der Freiheit Paradies,
Der Menschenwürde starker Schirm verschwinden!
  Gott der Allmächt'ge blies,
Und die Armada flog nach allen Winden.

Friedrich Schiller (1759–1805)

Der Hafen

Die Dreimastbark »Notre-Dame-des-Vents«, welche am 3. Mai 1882 eine Chinareise angetreten hatte, lief am 8. August 1886 wieder in den Hafen von Marseille ein. Im chinesischen Bestimmungshafen war die erste Fracht gelöscht worden; von da hatte sie eine Ladung nach Buenos Aires gebracht und war dann nach Brasilien gefahren.

Noch andere Fahrten, ein paar Havarien und Reparaturen, Flauten in den meisten Monaten und auch widrige Windströmungen, welche das Schiff zwangen, vom Kurs abzuweichen – kurz, alle diese Zufälle und Widernisse der Schiffahrt hatten den normannischen

Dreimaster seinem Heimatland ferngehalten. Nun kehrte er zurück nach Marseille mit einer Ladung amerikanischer Konserven in Weißblechdosen.

Bei der Abreise hatte er neben dem Kapitän und dem Steuermann vierzehn Matrosen an Bord gehabt, acht Normannen und sechs Bretonen. Bei der Rückkehr waren davon nur noch fünf Bretonen und vier Normannen übrig. Der fehlende Bretone war unterwegs gestorben; die vier Normannen, welche unter verschiedenen Umständen abhanden gekommen waren, wurden durch zwei Amerikaner, einen Neger und schließlich einen in einer Kneipe in Singapur aufgelesenen Norweger ersetzt.

Mit gerefften Segeln ließ sich das Schiff durch einen Schlepper, der ihm voranschnaubte und -keuchte, aus Marseille ziehen. Der große Segler rollte noch auf der letzten Dünung, bis sich das Meer in der eingetretenen Flaute ganz beruhigte, er glitt am Schloß If und dann an den grauen Felsen der Reede, auf welcher die untergehende Sonne einen Goldschimmer warf, vorüber. Endlich gelangte er in den Alten Hafen, wo an den Kais alle Schiffe der Welt in buntem Durcheinander, große und kleine, von jeder Form und Takelung, Seite an Seite in dem schmutzigen Wasser des kleinen Hafenbeckens vertaut lagen, so daß die Schiffsrümpfe sich aneinander rieben und scheuerten.

Die »Notre-Dame-des-Vents« nahm ihren Platz zwischen einer italienischen Brigg und einem englischen Schoner ein, die etwas auseinanderrückten, um ihrer neuen Kameradin Platz zu machen. Nachdem die Formalitäten der Zoll- und Hafenbehörden überstanden waren, gab der Kapitän zwei Dritteln der Mannschaft Urlaub für den Abend.

Die Nacht war angebrochen. In Marseille gingen die Lichter an. Der Knoblauchduft der südfranzösischen Küche verbreitete sich aufgrund der Wärme des Sommerabends in der geräuschvollen Stadt mit ihrem lärmenden, heiteren Leben.

Sobald die zehn Männer, die seit Monaten nur Schiffsplanken unter den Füßen gespürt hatten, festen Boden betraten, setzten sie sich langsam und vorsichtig in Bewegung, in Zweierreihen hintereinander, der Heimat entfremdet, an Städte nicht mehr gewöhnt.

Wiegenden Ganges versuchten sie, sich in den Gäßchen um den Hafen zurechtzufinden, geführt von ihrer Gier nach Liebe, welche sich ihrer im Laufe der letzten Wochen auf See

immer mehr bemächtigt hatte. Voran schritten die Normannen, an der Spitze Célestin Duclos, ein stattlicher, starker und schlauer Bursche, der den anderen jedesmal, wenn sie an Land gingen, als Führer diente. Er witterte die besten Orte, veranstaltete Streifzüge nach seinem Geschmack und ließ sich nur selten auf die Schlägereien, die zwischen Matrosen in Häfen üblich sind, ein. Wurde er aber in so einen Handel verwickelt, stellte er seinen Mann.

Nach einigem Zögern inmitten all der dunklen Straßen, welche sich gleich Kanalrinnen dem Hafenbecken zu herabsenkten und in der Tat einen Kanalgeruch ausströmten, entschied sich Célestin für ein gewundenes Gäßchen, in dem über den Türen vorspringende Laternen leuchteten, welche auf ihren farbigen Milchglasscheiben große Nummern trugen. In den schmalen, gewölbten Eingängen saßen auf Rohrstühlen Frauen mit Schürzen, die wie Dienstmädchen aussahen. Als sie die Männer erblickten, standen sie auf und machten drei Schritte auf den Rinnstein zu, der die Straße halbierte. Dadurch schnitten sie den Matrosen den Weg ab, welche langsam, singend und lachend näherkamen.

Guy de Maupassant (1850–1893)

Seegespenst

Ich aber lag am Rande des Schiffes,
Und schaute, träumenden Auges,
Hinab in das spiegelklare Wasser,
Und schaute tiefer und tiefer –
Bis tief, im Meeresgrunde,
Anfangs wie dämmernde Nebel,
Jedoch allmählich farbenbestimmter,
Kirchenkuppel und Türme sich zeigten,
Und endlich, sonnenklar, eine ganze Stadt,
Altertümlich niederländisch,
Und menschenbelebt.
Bedächtige Männer, schwarzbemäntelt,
Mit weißen Halskrausen und Ehrenketten
Und langen Degen und langen Gesichtern,
Schreiten, über den wimmelnden Marktplatz,
Nach dem treppenhohen Rathaus,
Wo steinerne Kaiserbilder
Wacht halten mit Zepter und Schwert.
Unferne, vor langen Häuserreihn,
Wo spiegelblanke Fenster
Und pyramidisch beschnittene Linden,
Wandeln seidenrauschende Jungfern,
Schlanke Leibchen, die Blumengesichter
Sittsam umschlossen von schwarzen Mützchen
Und hervorquellendem Goldhaar.
Bunte Gesellen, in spanischer Tracht,

Stolzieren vorüber und nicken.
Bejahrte Frauen,
In braunen, verschollnen Gewändern,
Gesangbuch und Rosenkranz in der Hand,
Eilen, trippelnden Schritts,
Nach dem großen Dome,
Getrieben von Glockengeläute
Und rauschendem Orgelton.
Mich selbst ergreift des fernen Klangs
Geheimnisvoller Schauer!
Unendliches Sehnen, tiefe Wehmut
Beschleicht mein Herz,
Mein kaum geheiltes Herz; –
Mir ist, als würden seine Wunden
Von lieben Lippen aufgeküßt,
Und täten wieder bluten –
Heiße, rote Tropfen,
Die lang und langsam niederfalln
Auf ein altes Haus, dort unten
In der tiefen Meerstadt,
Auf ein altes, hochgegiebeltes Haus,
Das melancholisch menschenleer ist,
Nur daß am untern Fenster
Ein Mädchen sitzt,
Den Kopf auf den Arm gestützt,
Wie ein armes, vergessenes Kind –
Und ich kenne dich armes, vergessenes Kind!

So tief, meertief also
Verstecktest du dich vor mir,
Aus kindischer Laune,
Und konntest nicht mehr herauf,
Und saßest fremd unter fremden Leuten,
Jahrhundertelang,
Derweilen ich, die Seele voll Gram,
Auf der ganzen Erde dich suchte,
Und immer dich suchte,
Du Immergeliebte,
Du Längstverlorene,
Du Endlichgefundene –
Ich hab dich gefunden und schaue wieder

Dein süßes Gesicht,
Die klugen, treuen Augen,
Das liebe Lächeln –
Und nimmer will ich dich wieder verlassen,
Und ich komme hinab zu dir,
Und mit ausgebreiteten Armen
Stürz ich hinab an dein Herz –
Aber zur rechten Zeit noch
Ergriff mich beim Fuß der Kapitän,
Und zog mich vom Schiffsrand,
Und rief, ärgerlich lachend:
Doktor, sind Sie des Teufels?

Heinrich Heine (1797 – 1856)

Münchhausens zweites Seeabenteuer

Im Jahre 1766 schiffte ich mich zu Portsmouth auf einem englischen Kriegsschiff erster Ordnung, mit hundert Kanonen und vierzehnhundert Mann, nach Nordamerika ein. Ich könnte hier zwar erst noch allerlei, was mir in England begegnet ist, erzählen; ich verspare es aber auf ein anderes Mal. Eins jedoch, welches mir überaus artig vorkam, will ich nur noch im Vorbeigehen mitnehmen. Ich hatte das Vergnügen, den König mit großem Pomp in seinem Staatswagen nach dem Parlament fahren zu sehen. Ein Kutscher mit einem ungemein respektablen Bart, worein das englische Wappen sehr sauber geschnitten war, saß gravitätisch auf dem Bock und klatschte mit seiner Peitsche ein ebenso deutliches als künstliches: G. R. (Georg Rex).

Während unserer Seereise begegnete uns nichts Merkwürdiges, bis wir ungefähr noch dreihundert Meilen von dem St. Lorenzflusse entfernt waren. Hier stieß das Schiff mit erstaunlicher Gewalt gegen etwas an, das uns wie ein Fels vorkam. Gleichwohl konnten wir, als wir das Senkblei auswarfen, mit fünfhundert Klaftern noch keinen Grund finden. Was diesen Vorfall noch wunderbarer und beinahe unbegreiflich machte, war, daß wir unser Steuerruder verloren, das Bugspriet mitten entzweibrach und alle unsere Masten von oben bis untenaus zersplitterten, wovon auch zwei über Bord stoben. Ein armer Teufel, welcher gerade oben das Hauptsegel beilegte, flog wenigstens drei Meilen weit vom Schiff weg, ehe er zu Wasser fiel! Allein er rettete noch dadurch glücklich sein Leben, daß er, während er in der Luft flog, den Schwanz einer Rotgans ergriff, welches nicht nur seinen Sturz in das Wasser milderte, sondern ihm auch Gelegenheit gab, auf ihrem Rücken oder vielmehr zwischen Hals und Fittichen so lange nachzuschwimmen, bis er endlich an Bord genommen werden konnte.

Ein anderer Beweis von der Gewalt des Stoßes war dieser, daß alles Volk zwischen den Verdecken empor gegen die Kopfdecke geschnellt wurde. Mein Kopf war dadurch ganz in den Magen hinabgepufft, und es dauerte wohl einige Monate, ehe er seine natürliche Stellung wieder bekam. Noch befanden wir uns insgesamt in einem Zustand des Erstaunens und einer allgemeinen unbeschreiblichen Verwirrung, als sich auf einmal alles durch Erscheinung eines großen Walfisches aufklärte, welcher an der Oberfläche des Wassers, sich sömmernd, eingeschlafen war. Dies Ungeheuer war so übel damit zufrieden, daß wir es mit unserm Schiffe gestört hatten, daß es nicht nur mit seinem Schwanze die Galerie und einen Teil des Oberlofs einschlug, sondern auch zu gleicher Zeit den Hauptanker, welcher wie gewöhnlich am Steuer aufgewunden war, zwischen seine Zähne packte und wenigstens sechzig Meilen weit, sechs Meilen auf eine Stunde gerechnet, mit unserm Schiff davoneilte.

Gott weiß, wohin wir gezogen sein würden, wenn nicht noch glücklicherweise das Ankertau zerrissen wäre, wodurch der Walfisch unser Schiff, wir aber auch zugleich unsern Anker verloren. Als wir aber sechs Monate hierauf wieder nach Europa zurücksegelten, so fanden wir ebendenselben Walfisch in einer Entfernung weniger Meilen von eben der Stelle tot auf dem Wasser schwimmen, und er maß ungelogen der Länge nach wenigstens eine halbe Meile. Da wir nun von einem so ungeheuren Tiere nur wenig an Bord nehmen konnten, so setzten wir unsere Boote aus, schnitten ihm mit großer Mühe den Kopf ab und fanden zu unserer großen Freude nicht nur unsern Anker, sondern auch über vierzig Klafter Tau, welches auf der linken Seite seines Rachens in einem hohlen Zahne steckte.

Dies war der einzige besondere Umstand, der sich auf dieser Reise zutrug. Doch halt! Eine Fatalität hätte ich beinahe vergessen. Als nämlich das erste Mal der Walfisch mit dem Schiffe davonschwamm, so bekam das Schiff ein Leck, und das Wasser drang so heftig herein, daß alle unsere Pumpen uns keine halbe Stunde vor dem Sinken hätten bewahren können. Zum guten Glück entdeckte ich das Unheil zuerst. Es war ein großes Loch, ungefähr einen Fuß im Durchmesser. Auf allerlei Weise versuchte ich es, das Loch zu verstopfen, allein umsonst. Endlich rettete ich dies schöne Schiff und alle seine zahlreiche Mannschaft durch den glücklichsten Einfall von der Welt. Ob das Loch gleich so groß war,

so füllte ich's dennoch mit meinem Liebwertesten aus, ohne meine Beinkleider abzuziehen; und ich würde ausgelangt haben, wenn auch die Öffnung noch viel größer gewesen wäre. Sie werden sich darüber nicht wundern, meine Herren, wenn ich Ihnen sage, daß ich auf beiden Seiten von holländischen, wenigstens westfälischen Vorfahren abstamme. Meine Situation, solange ich auf der Brille saß, war zwar ein wenig kühl, indessen ward ich doch bald durch die Kunst des Zimmermanns erlöst.

Gottfried August Bürger (1749–1794)
aus: Wunderbare Reisen zu Wasser und Lande des Freiherrn von Münchhausen

Auf offener See

Ade, du Küste mit den falschen Sorgen,
Furcht, Glück und Not, sinkt unter in das Meer:
Nun bin ich frei, jetzt bin ich erst geborgen,
Kein eitles Hoffen langet bis hierher.
Wie still, wohin ich auch die Blicke wende,
Wie weit und hoch und ringsum ohne Ende!

Gestirne, Wolken gehen auf und unter
Und spiegeln sich im stillen Ozean,
Hoch Himmel über mir und Himmel drunter,
Inmitten wie so klein mein schwacher Kahn!
Walt' Gott, ihm hab' ich alles übergeben,
Nun komm nur, Sturm, ich fürcht' nicht Tod noch Leben.

Joseph von Eichendorff (1788–1857)

Schifferspruch

Wenn die Wogen unten toben,
Menschenwitz zuschanden wird,
Weist mit feur'gen Zügen droben
Heimwärts dich der Wogen Hirt.
Sollst nach keinem andern fragen,
Nicht zurückschaun nach dem Land,

Faß das Steuer, laß das Zagen!
Aufgerollt hat Gottes Hand
Diese Wogen zum Befahren
Und die Sterne, dich zu wahren.

Joseph von Eichendorff (1788–1857)

Eine Halligfahrt

Nach einer Weile hatten wir ein kleines Schiff bestiegen; »Die Wohlfahrt« hieß es; der Name stand mit goldenen Buchstaben auf dem Spiegel eingegraben. Wir waren alle glücklich an Bord gelangt; nur daß die alte Dame einen zierlichen Schrei ausstieß, als ihre Champignons, die sie den »lieben Schiffer« zu verwahren bat, so ohne Umstände in den offenen Schiffsraum hinabflogen.

Und leise blähten sich die Segel, und leise schwamm das Schiff; man hörte das Wasser vorn am Kiele glucksen. Nach einer Stunde hatten wir die nachbarliche große Insel hinter uns und trieben nun auf der breiten Meeresflut. Eine Möwe schwebte über dem Wasser dicht an uns vorüber; ich sah, wie ihre gelben Augen in die Tiefe bohrten. »Rungholt!« rief der Schiffer, der eben das Segel umgelegt hatte.

Die Geheimrätin, die – ich weiß nicht durch welche Künste – ihren Champignonbeutel wieder in der Hand trug, blickte nach allen Seiten um sich. »Ich sehe nur den uferlosen Ozean!« sagte sie, indem sie ihr Augenglas einschlug und wieder in den Gürtel steckte. Der Schiffer, der mit beiden Armen über Bord lehnte, wandte sein wetterbraunes Gesicht der Dame zu; aber nachdem er sie wie in mitleidiger Verachtung einige Sekunden gemustert hatte, starrte er wieder schweigend ins Meer hinaus.

»Sie müssen dorthin blicken«, sagte ich, »wo nach Senekas Ausspruch alle Erdendinge am sichersten verwahrt sind!«

»Und wo wäre das, mein Lieber?«

»In der Vergangenheit; – in diesem sicheren Lande liegt auch Rungholt. Einst zu König Abels Zeiten, und auch später noch, stand es oben im Sonnenlichte mit seinen stattlichen Giebelhäusern, seinen Türmen und Mühlen. Auf allen Meeren schwammen die Schiffe von Rungholt und trugen die Schätze aller Weltteile in die Heimat; wenn die Glocken zur Messe läuteten, füllten sich Markt und Straßen mit blonden Frauen und Mädchen, die in seidenen Gewändern in die Kirche rauschten; zur Zeit der Äquinoctialstürme stiegen die Männer, wenn sie von ihren Gelagen heimkehrten, vorerst noch einmal auf ihre hohen

Deiche, hielten die Hände in den Taschen und riefen hohnlachend auf die anbrüllende See hinab: ‚Trotz nu, blanke Hans!' Aber das rotwangige Heidentum, das hier noch in uns allen spukt –«

»Ich bitte doch, mich freundlich auszunehmen!« schob die Geheimrätin mit etwas strammem Lächeln dazwischen.

Ich verbeugte mich zustimmend. »Es bäumte sich noch einmal auf gegen den blassen aufgedrungenen Christengott; die Männer von Rungholt – so wenigstens haben es die geistlichen Chronisten aufgeschrieben – beriefen eines Tages einen Priester und hießen ihn einer kranken Sau das Abendmahl geben. Da ergrimmte der Herr und ließ wie zu Noahs Zeiten seine Wasser steigen; und über die Deiche und Mühlen und Türme schwollen sie; und Rungholt mit seinen blonden Frauen und seinen trotzigen Männern« – und ich wies mit dem Finger rückwärts, wo noch vom Kiel unseres Schiffes das Wasser in der Sonne strudelte – »dort steht es unten, unsichtbar und verschollen auf dem Boden des Meeres. Nur zuzeiten bei hellem Wetter, wenn in der einsamen Mittagsstunde die Wimpel schlaff am Mast herunterhängen und die Schiffer in der Koje schnarchen, dann – wie die Leute sagen – ‚dühnt es auf'. – Wer dann mit wachen Augen über Bord ins Wasser schaut, kann gewahren, wie Türme mit goldnen Gockelhähnen aus der grünen Dämmerung aufsteigen; vielleicht mag er sogar die Dächer der alten Häuser erkennen, und wie zwischen dem Seetang, der sie überstrickt hat, seltsam schwerfälliges Getier umherkriecht, oder zwischen den zackigen Giebeln in die Enge der Gassen hinabschauen, wo Muschelwerk und Bernstein die Tore der Häuser verbaut hat und der nie rastende Flut- und Ebbestrom mit den Schätzen versunkener Schiffe spielt. – Aber auch die Schiffer unter Deck erwachen und richten sich auf; denn unter sich aus der Tiefe hören sie es läuten; das sind die Glocken von Rungholt.«

Susanne war indes herangetreten und hatte mit großen Augen zugehört; aber sie bedurfte für diese Seegeschichte eines sachkundigeren Gewährsmannes.

»Läuten sie wirklich, Schiffer?« fragte sie. »Haben Sie es selbst gehört?«

Das klang so allerliebst, daß auch die Backen der alten Teerjacke sich zu einem Lächeln verzogen; und er spie weit ins Meer hinaus, bevor er antwortete: »Ick hevt min Dag nich hört.«

Und weiter fuhren wir über Rungholt. Aber trotz der kühlen Antwort des Schiffers blickte Susanne noch ein paarmal verstohlen über Bord ins Wasser; begann doch auch jetzt die Mittagseinsamkeit sich brütend auf das Meer zu legen. Und als sie sich von mir ertappt sah, errötete sie nur leicht und lächelte; denn meine Augen mochten es den ihren schon verraten haben, wie gern auch ich an Wunder glaubte.

Vor uns in den Horizont trat jetzt ein grauer Punkt, der sich allmählich in die Breite streckte; und endlich stieg ein grünes Eiland vor uns auf. Eine geflügelte Wache schien es zu

W. French
Der Raddampfer Leviathan
Um 1850

Caspar David Friedrich
Mondaufgang am Meer
19. Jahrhundert

umgeben; so weit man an dem Strand entlang sehen konnte, wimmelte es in der Luft von großen weißen Vögeln, welche unablässig wie in stiller Geschäftigkeit durcheinander auf- und abstiegen. Stets in demselben Luftraume beharrend, glichen sie einem ungeheuren schwebenden Gürtel, der das ganze Eiland zu umschließen schien; ihre ausgebreiteten mächtigen Flügel erschienen wie durchsichtiger Marmor gegen den sonnigen Mittagshimmel. – Das war fast wie in einem Märchen; und dazu kam mir in den Sinn: mein Freund Aemil, ein leidenschaftlicher Regattenmann, als er in lauer Sommernacht in seinem Boote hier vorbeigetrieben war, wollte von dorther eine entzückende Musik vernommen haben. Der Mond sei über der stillen Insel gestanden, und während er nach langer Pause heimgerudert, sei in der Nacht und auf dem Meere kein anderer Laut gewesen als diese geisterhaften, allmählich hinter ihm verhallenden Töne.

Theodor Storm (1817–1888)

Nachts in der Kajüte

Das Meer hat seine Perlen,
Der Himmel hat seine Sterne,
Aber mein Herz, mein Herz,
Mein Herz hat seine Liebe.

Groß ist das Meer und der Himmel,
Doch größer ist mein Herz,
Und schöner als Perlen und Sterne
Leuchtet und strahlt meine Liebe.

Du kleines, junges Mädchen,
Komm an mein großes Herz;
Mein Herz und das Meer und der Himmel
Vergehn vor lauter Liebe.

An die blaue Himmelsdecke,
Wo die schönen Sterne blinken,
Möcht ich pressen meine Lippen,
Pressen wild und stürmisch weinen.

Jene Sterne sind die Augen
Meiner Liebsten, tausendfältig
Schimmern sie und grüßen freundlich
Aus der blauen Himmelsdecke.

Nach der blauen Himmelsdecke,
Nach den Augen der Geliebten,
Heb' ich andachtsvoll die Arme,
Und ich bitte und ich flehe:

Holde Augen, Gnadenlichter,
O, beseligt meine Seele,
Laßt mich sterben und erwerben
Euch und euren ganzen Himmel!

Aus den Himmelsaugen droben
Fallen zitternd goldne Funken
Durch die Nacht, und meine Seele
Dehnt sich liebeweit und weiter.

O, ihr Himmelsaugen droben!
Weint euch aus in meine Seele,
Daß von lichten Sternentränen
Überfließet meine Seele.

Eingewiegt von Meereswellen,
Und von träumenden Gedanken,
Lieg ich still in der Kajüte,
In dem dunkeln Winkelbette.

Durch die offne Luke schau ich
Droben hoch die hellen Sterne,
Die geliebten, süßen Augen
Meiner süßen Vielgeliebten.

Die geliebten, süßen Augen
Wachen über meinem Haupte,
Und sie blinken und sie winken
Aus der blauen Himmelsdecke.

Nach der blauen Himmelsdecke
Schau ich selig lange Stunden,
Bis ein weißer Nebelschleier
Mir verhüllt die lieben Augen.

An die bretterne Schiffswand,
Wo mein träumendes Haupt liegt,
Branden die Wellen, die wilden Wellen.
Sie rauschen und murmeln
Mir heimlich ins Ohr:
»Betörter Geselle!
Dein Arm ist kurz, und der Himmel ist weit,
Und die Sterne droben sind festgenagelt,

Mit goldnen Nägeln, –
Vergebliches Sehnen, vergebliches Seufzen,
Das beste wäre, du schliefest ein.«

Es träumte mir von einer weiten Heide,
Weit überdeckt von stillem, weißem Schnee,
Und unterm weißen Schnee lag ich begraben
Und schlief den einsam kalten Todesschlaf.
Doch droben aus dem dunkeln Himmel schauten
Herunter auf mein Grab die Sternenaugen,
Die süßen Augen! und sie glänzten sieghaft
Und ruhig heiter, aber voller Liebe.

Heinrich Heine (1797–1856)

CONCORDIA

Das Wrack

Als ich gegessen hatte, schritt ich über ein kleines Vorgebirge und ging dann, während das Meer schnell zurückebbte, durch den Sand auf eine Art schwarzen Felsblock, das Wrack, zu, welches ich hinten, weit, weit im Wasser bemerkte.

Ich schritt schnell über die gelbe Ebene, welche elastisch war wie Fleisch und unter meinem Fußtritt zu schwitzen schien. Das Meer, welches eben noch hier gewesen, war entflohen und erstreckte sich nun weit hinten, wo meine Augen die Linie, welche Sand und Ozean trennt, nicht mehr wahrnehmen konnten. Ich glaubte, einem riesigen, übernatürlichen Zauber beizuwohnen. Ich ging hier in einer Wüste, in der noch vor Minuten ein Meer gewallt! Nur noch der Hauch des Salzwassers und der Geruch nach Tang, der rauhe kräftige Geruch der Küste, war von ihm geblieben. Ich ging schnell, ich fror nicht mehr; ich sah auf das Wrack, welches mit jedem Schritt größer wurde und im Augenblick wie ein riesiger gestrandeter Wal aussah.

Es schien aus dem Boden zu wachsen und nahm vor dem ungeheuren flachen gelben Hintergrund ganz überraschende Proportionen an. Nach einer Strecke von 1 Stunde kam ich bei ihm an. Es lag auf der Seite, geborsten, zerrissen, und zeigte wie ein verunglücktes Tier seine gebrochenen Rippen aus geteertem und von riesigen Nägeln durchbohrtem Holz. In alle Spalten und Risse war schon Sand eingedrungen, der Sand, der es, da er es sich nun erobert hatte, festhielt und nie wieder loslassen wollte. Er schien feste Wurzeln in ihm gefaßt zu haben. Der Bug hatte sich tief in den tückischen sandigen Boden gebohrt, während das Heck, das sich deshalb in die Höhe gehoben hatte, wie ein verzweifelter Hilfeschrei schien, wobei die beiden auf dem schwarzen Holz weiß gemalten Worte »Marie-Joseph« zum Himmel riefen. Ich kletterte an der niedrigsten Seite an dieser Schiffsleiche hinauf und drang dann über das Deck ins Innere. Das Licht, welches durch die eingedrückten Luken und Spalten an den Seiten hereinfiel, beleuchtete trübe den langen, dunklen, mit allerlei zerbrochenem Holzwerk angefüllten höhlenartigen Raum. Im übrigen war nichts mehr darin außer Sand, welcher dick den ganzen Bretterboden bedeckte.

Ich begann, mir über den Zustand des Schiffes Notizen zu machen, setzte mich auf ein leeres, zerborstenes Faß und schrieb bei dem gespenstischen Licht, welches durch eine breite Spalte fiel, durch die ich die endlose Sandwüste, welche die Ebbe vor meinen Augen geschaffen hatte, überschauen konnte. Hin und wieder lief mir ein eigentümlicher Schauder, den Kälte und Einsamkeit zeugten, über den Körper, und ich hörte zu schreiben auf, um auf allerlei unbestimmte und geheimnisvolle Geräusche im Wrack zu lauschen: auf die Krabben, die mit ihren gebogenen Krallen außen am Holzwerk des Schiffes kratzten, auf die tausend kleinen Meertiere, die sich schon auf diesem Toten niedergelassen, auf das leise und regelmäßige Bohren des Schiffswurms, der unablässig mit dem trockenen Knirschen eines Bohrers alles alte Zimmermannswerk zerbeißt und zerstört.

Und plötzlich hörte ich ganz in der Nähe von mir menschliche Stimmen. Ich sprang auf, als sähe ich eine Erscheinung. Ich glaubte wirklich einen Augenblick lang die Ertrunkenen vom Grund des unheimlichen Schiffsrumpfes auferstehen zu sehen, die mir ihren bitteren Tod erzählen wollten. Es dauerte jedoch nicht lange, so war ich mit ein paar kräftigen Schwüngen auf das Deck hinaufgeklettert und sah unten am Bug des Schiffs einen großen Herrn mit drei jungen Mädchen stehen, einen langen Engländer mit drei Misses. Sie erschraken offenbar noch viel mehr als ich, als sie mich plötzlich auf diesem verlassenen Dreimaster aus der Luke emportauchen sahen. Das jüngste Mädchen wollte weglaufen, die beiden andern klammerten sich an ihren Vater, der den Mund aufriß.

Da der Engländer eine Stelle suchte, an der er hinaufklettern könne, zeigte ich ihm die bequemste und reichte ihm die Hand. Er stieg herauf und wir halfen dann den drei Mädchen, welche sich wieder beruhigt hatten. Sie waren alle drei reizende Geschöpfe, besonders die älteste, eine Blondine von vielleicht achtzehn Jahren, die frisch wie eine Blume, entzückend fein und zierlich war. Die hübschen Engländerinnen sehen immer aus wie zarte Geschenke des Meeres – diese hier schien aus dem Sand emporgetaucht, der ihrem Haar seinen sanften Glanz gelassen hatte – und sie erinnern uns oft aufgrund ihrer herbstlichen Frische an die zarten Farben rosiger Muscheln und die mattglänzenden, geheimnisvollen, in unbekannten Meerestiefen verschlossenen Perlen.

Ich erfuhr von ihr, daß sie den Winter in Biarritz zubrachten und extra nach der Insel Ré gekommen waren, um den gestrandeten Dreimaster zu sehen.

Plötzlich murmelte sie: »Ich höre eine kleine Geräusch an die Schiff.«

Ich horchte und vernahm ebenfalls deutlich ein sonderbares, regelmäßig sich wiederholendes, leichtes Geräusch. Ich stand auf, um durch den Spalt nach außen zu sehen, und stieß einen lauten Schrei aus: das Meer hatte uns überfallen! Es war zurückgekehrt und umgab uns!

Wir stiegen augenblicklich auf das Deck; Es war zu spät! Das Wasser schloß uns ein und eilte mit zauberhafter Geschwindigkeit der Insel zu, nein, es eilte nicht, es glitt, es kroch, streckte sich dahin wie ein unendlicher Fleck. Kaum einige Zentimeter Wasser bedeckten den Sand, doch war die fliehende Wassergrenze schon nicht mehr zu sehen.

Der Engländer wollte hinwegeilen. Ich hielt ihn zurück. Flucht war unmöglich, wegen der tiefen Löcher im Sande, denen wir beim Hinweg ausweichen konnten, in die wir jetzt aber unbedingt hineinfallen mußten.

Die beiden kleinen Engländerinnen hatten sich an ihren Vater geklammert, der mit verwirrten Blicken auf das unendliche Meer um uns sah.

Und so schnell wie die Flut des Ozeans, kam die Nacht, eine schwere, feuchte, eisige Nacht.

Ich sagte: »Es bleibt uns nichts übrig, als hier auf dem Schiff auszuharren«, und der Engländer entgegnete: »Oh yes.«

Und wir betrachteten also eine Viertelstunde ... eine halbe Stunde ... ach ich weiß wahrhaftig nicht wie lang, das gelbe Wasser, welches immer höher stieg und auf dem wiedereroberten Boden triumphierend zu schäumen begann.

Eins der Mädchen begann über die Kälte zu klagen, und wir kamen auf den Gedanken hinunterzusteigen, um uns vor dem zwar leichten, doch eisigen Wind, der wie Messer stach, zu schützen.

Ich beugte mich über die Luke ... das Schiff war voll Wasser. Wir mußten uns also an die Heckverkleidung kauern, welche uns ein klein wenig schützte.

Nun umgab uns völlige Finsternis und wir saßen eng nebeneinander, in den Meeren von Wasser und Dunkelheit verloren. An meiner Schulter fühlte ich die Schulter der kleinen Engländerin zittern und hörte, wie ihre Zähne vor Kälte zusammenschlugen; doch ich fühlte auch die sanfte Wärme ihres Körpers durch den Stoff ihrer Kleider hindurch, und diese Wärme berührte mich köstlich wie ein Kuß. Wir sprachen kein Wort mehr, sondern blieben unbeweglich stumm sitzen, wie ein paar verschüchterte Tierchen, die während eines Unwetters in einem Graben hocken. Und doch, trotz allem, trotz der furchtbaren und stets wachsenden Gefahr keimte in mir langsam ein Gefühl von Glück auf ... ich war glücklich, weil ich hier war, glücklich trotz Kälte und Gefahr, glücklich über die langen Stunden voll Dunkel und Angst, welche ich auf diesem Brettergerüst, so nahe bei dem hübschen, lieblichen Mädchen zubringen durfte.

Ich fragte mich: Warum dieses seltsame Gefühl von Wohlsein und Freude?

Warum? Wußte ich's? Weil sie da war? Wer, sie? Eine kleine unbekannte Engländerin! Ich liebte sie nicht, ich kannte sie nicht und doch fühlte ich mich gerührt, ergriffen, erobert! Ich hätte sie aus tausend Gefahren retten, für sie tausend Torheiten begehen mögen. Seltsames Ding! Wie kommt es nur, daß uns die Gegenwart einer Frau so durchrüttelt? Ist es die Macht ihrer Anmut, welche uns in Bann schlägt? Das Verführerische ihrer Schönheit und ihrer Jugend, welches uns berauscht wie Wein?

Ist es nicht eher der Wille jener geheimnisvollen großen Liebe, die ununterbrochen die Wesen zu vereinigen strebt, welche ihre Kraft erprobt, wo immer sich Mann und Weib gegenüberstehen, die sie mit Erregung durchdringt, mit verwirrender geheimer tiefer Erregung, wie man den Boden umgräbt, wenn man Blumen pflanzen will?

Doch das Schweigen der Finsternis wurde beängstigend, wurde nur von einem endlosen leisen unbestimmten Brausen unterbrochen, von dem dumpfen Brausen des Ozeans, der stieg und mit holem, gleichförmigem Ton gegen das Wrack schlug.

Seit einigen Minuten wurde die Brise lebhafter und das Plätschern des Wassers gegen die Planken stärker. Ich stand auf, ein starker Windstoß schlug mir ins Gesicht – es wurde stürmisch!

Und wie der Wind stärker wurde, stieg unsere Angst von Sekunde zu Sekunde mit jedem neuen Anprall der Wellen. Das Meer ließ jetzt in der Dunkelheit lange weiße Linien erscheinen und wieder verschwinden, Streifen aus Schaum, während jede Welle die »Marie-Joseph« durch und durch zittern und uns bis ins Innerste schaudern machte.

Die Engländerin bebte. Ich fühlte es, da wir eng aneinander lehnten, und wurde von einem glühenden Verlangen erfaßt, sie in meine Arme zu ziehen.

Weit hinten geradeaus, zur Linken und zur Rechten, blitzten die Leuchtfeuer an der Küste auf, weiße, gelbe, rote Leuchtfeuer, welche uns wie ungeheure, wie Riesenaugen ansahen, uns belauerten und gierig darauf zu warten schienen, ob wir nicht bald verschwänden. Eines von ihnen ärgerte mich ganz besonders. Es erlosch alle dreißig Sekunden, um gleich darauf wieder aufzuflammen. Es war gewiß ein Auge; ein Auge mit einem Lid, welches ohne Unterbrechung über seinen feurigen Blick fiel.

Von Zeit zu Zeit zündete der Engländer ein Streichholz an, um nach der Uhr zu sehen, welche er dann wieder schweigend in seine Tasche steckte. Plötzlich jedoch rief er mir über die Köpfe seiner Mädchen mit ernster Würde zu: »Monsieur, ich wünschen Ihnen ein glückliches, neues Jahr!«

Es war Mitternacht. Ich reichte ihm die Hand, welche er schüttelte. Dann sagte er einen langen englischen Satz zu den Mädchen und begann plötzlich mit ihnen laut zu singen:

»God save the Queen.« Der Gesang stieg in die schwarze stumme Luft und verklang in dem weiten Raum.

Zunächst hätte ich am liebsten aufgelacht; dann ergriff mich eine mächtige, seltsame Bewegung.

Es lag etwas Dunkles und Großes in diesem Gesang der von der Welt verlassenen und vom Tode Bedrohten, etwas ähnlich einem Gebet, ja etwas, das ich mit dem antiken und erhabenen »Ave, Caesar, morituri te salutant« vergleichen möchte.

Nachdem sie geendet hatten, bat ich meine Nachbarin, daß sie noch irgend etwas singen möchte, eine Ballade, ein Volkslied, was sie wollte, damit wir unsere Angst besser ertragen könnten. Sie erfüllte meinen Wunsch und bald stieg ihre klare junge Stimme in die Nacht hinaus. Sie sang wahrscheinlich irgend etwas Trauriges, denn die Töne wurden lang gezogen, kamen langsam zwischen ihren Lippen hervor und flatterten wie verwundete Vögel über die Wellen.

Das Meer stieg weiter und schlug immer wilder gegen das Wrack. Ich dachte nur noch an ihre Stimme. Und ich dachte auch an die Sirenen. Wäre ein Schiff an uns vorübergekommen, was hätten wohl die Matrosen empfinden müssen? Meine Gedanken entflohen mir in ein Traumreich. Eine Sirene! War sie nicht wirklich eine Sirene, diese Tochter des Meeres, die mich auf dem wurmstichigen Schiff festgehalten und nun mit mir in die Fluten stürzen mußte.

Doch wir alle fünf rollten jetzt plötzlich auf dem Deck umher, denn die »Marie-Joseph« hatte sich auf die rechte Seite gelegt. Die Engländerin war über mich gefallen, und ich hatte sie wie toll, ohne zu wissen, ohne zu verstehen, und im Glauben, mein letzter Augenblick sei gekommen, in meine Arme gerissen und küßte sie glühend auf die Wangen, auf die Schläfen, auf das Haar. Das Schiff bewegte sich nicht mehr, und auch wir alle kauerten wieder still in einer Ecke.

Ich erhob mich langsam und bemerkte plötzlich ganz in der Nähe von uns ein Licht auf dem Meere. Ich rief, man antwortete. Es war ein Boot, das uns suchte. Der Wirt des Hotels hatte unsere Unvorsichtigkeit geahnt und Leute auf die Suche ausgeschickt.

Wir waren gerettet: ich war trostlos darüber! Man nahm uns in das Boot und ruderte uns nach Saint-Martin zurück.

Guy de Maupassant (1850–1893)

Im Meer

Der Himmel hängt wie Blei so schwer
Dicht auf dem wildempörten Meer;
Ein englisch Segel, fast die Quer,
Schießt wie ein Pfeil darüber her.

Ein Messer, so das Meer sich schliff,
Da starrt ein starkes Felsenriff
Und schlitzt das Engelländerschiff;
Das Meer tut einen guten Griff.

Viel tausend Bibeln sind die Fracht,
Die sinken in die Wassernacht;
Schon hat in blanker Schuppentracht
Das Seevolk sich herbeigemacht.

Da wimmelt es von Lurch und Fisch,
Sie sitzen am Korallentisch,
Her schießt der Leviathan risch:
Was ist das für ein Flederwisch?

Die Seeschlang als die Königin
Kommt auch und blättert her und hin,
Sie putzt die Brill und liest darin
Verkehrt und findet keinen Sinn.

Sie ziehn den Steuermann empor
Und halten ihm die Bibel vor;
Doch der zu schweigen sich verschwor,
Das Meer durchbraust sein taubes Ohr.

Gottfried Keller (1819 – 1890)

Beinahe ein neuer Robinson

Man steuerte auf Masafuero los und suchte lange vergeblich einen Platz, wo man die Schiffe mit einiger Sicherheit vor Anker legen könnte. Endlich fand man, was man suchte. Allein die Küste war überall so felsig und die Brandung an derselben so stark, daß man es nicht möglich fand, mit einem Boot ans Land zu kommen. Gleichwohl mußte man sich hier notwendig mit Wasser und Holz versorgen; und so groß daher auch die Gefahr zu sein schien, so mußten doch Leute dazu beordert werden.

Zum Glück hatte der Befehlshaber sich für Fälle dieser Art mit einer Anzahl von Korkwämsern versehen, die sowohl das Schwimmen erleichtern, als auch den, der damit bekleidet ist, verwahren, daß er nicht an den Klippen zerquetscht werde. Durch dieses Hilfsmittel wurde nach und nach ein ziemlicher Vorrat von Wasser und Holz an Bord geschafft, auf den man, in Ermangelung jener Wämser notwendig hätte Verzicht tun müssen. Man blieb nämlich mit den Booten außerhalb der Brandung liegen, und die mit Korkwämsern versehenen Matrosen schwammen hindurch. Dann wurden die gefüllten Wasserfässer und das gefällte Holz an Stricke gebunden und so nach den Booten hingezogen.

Allein diejenigen, welche sich auf diese Weise ins Wasser wagten, um ans Land zu schwimmen, schwebten, trotz ihrer Korkwämser, doch jedesmal in großer Gefahr, ihr Leben auf die jämmerlichste Weise einzubüßen. Es gab nämlich in dieser Gegend des Meers eine Menge sehr großer Haifische, deren einige über zwanzig Fuß lang waren, und welche, so oft sie einen schwimmenden Menschen erblickten, sogar die Brandung nicht scheuten, sondern in dieselbe hineinschossen, um ihn zu erhaschen. Einige Bootsleute gerieten dadurch in große Gefahr, der sie nur mit genauer Not zu entkommen das Glück hatten. Man sah diese gefräßigen Seeungeheuer ganze Seehunde, die sie erhaschten, wie einen einzigen Bissen hinunterschlucken.

Man fand die Insel mit Ziegen bevölkert. Verschiedene derselben wurden erlegt, und man fand das Fleisch ebenso wohlschmeckend, wie das schönste Wildbret. Eine derselben schien schon einmal in menschlicher Botmäßigkeit gewesen zu sein; denn sie war am Ohr

auf eine solche Weise gezeichnet, daß man wohl sehen konnte, daß es nicht zufällig geschehen sei. Außerdem gab es hier einen solchen Überfluß an Fischen, daß man mit leichter Mühe in kurzer Zeit mehr derselben fangen konnte, als die ganze Schiffsmannschaft zu einer Mahlzeit nötig hatte. Einige derselben wogen 20 bis 30 Pfund, und ihr Geschmack war vortrefflich.

Indem man nun mit der Einholung des Holzes und Trinkwassers auf die eben beschriebene Weise beschäftigt war, ereignete sich folgender Vorfall.

Der Constabel und ein Matrose, welche mit ans Land geschwommen waren, fanden gegen Abend, da sie zurückzukehren dachten, die Brandung so fürchterlich, daß sie es nicht wagen wollten, mit ihren Gefährten wieder hindurchzuschwimmen. Sie wurden daher beide am Lande zurückgelassen.

Am folgenden Tage fand es der Befehlshaber für nötig, die Schiffe an einer anderen Stelle ankern zu lassen, welche ungefähr anderthalb Meilen weiter nordwärts lag. Er schickte daher ein Boot aus, um die beiden Zurückgebliebenen abzuholen. Nun konnte aber das Boot, wie wir wissen, der Brandung wegen nicht bis ans Land gehen. Man rief daher dem Constabel und dem Matrosen zu, daß sie herbeischwimmen möchten. Der Constabel wagte es und kam glücklich an Bord; allein der Matrose, der kein Schwimmer war, entsetzte sich vor dem Anblick der Gefahr und blieb abermals zurück.

Der Befehlshaber schickte noch einmal nach ihm aus und ließ ihm zurufen: es stünde wahrscheinlicher Weise stürmisches Wetter bevor; dann dürften die Schiffe leicht von ihrem Ankerplatz weggetrieben werden, und dann würde er Gefahr laufen, den Rest seines Lebens auf dieser Insel allein zuzubringen. Allein der Mann blieb unbeweglich. Er sei überzeugt, sagte er, daß, wenn er es versuchen wollte, nach dem Boote hinzuschwimmen, er gewiß ertrinken würde. Er wolle daher lieber bleiben, wo er wäre; es möge ihm nun auch gehen, wie es wolle. Er nahm hierauf einen zärtlichen Abschied von den Matrosen im Boot und wünschte ihnen alles mögliche Wohlergehen, welches diese von Herzen erwiderten.

Da nun das Boot eben im Begriff war, wieder umzukehren und den armen Kerl seinem Schicksal zu überlassen, so ergreift einer der Unteroffiziere das eine Ende eines im Boot befindlichen Stricks, springt damit in die See und schwimmt durch die schäumende und wogende Brandung hindurch nach dem Ort, wo der arme Johann – so hieß der neue Robinson – in niedergeschlagener Stellung stand und sein unglückliches Schicksal überdachte. Jener bemüht sich nun, ihm den Vorsatz, auf der Insel zurückzubleiben, durch die kräftigsten Vorstellungen auszureden: aber umsonst! Johann sieht seinen Tod im Wasser, wenn er sich in die Brandung wagen wollte, als gewiß an; und ist daher schlechterdings nicht zu bewegen, das Land zu verlassen.

Der Unteroffizier hatte unterdes an seinem Strick unvermerkt eine Schlinge gemacht. Plötzlich warf er ihm dieselbe um den Leib, und hurtig rief er seinen Gefährten im Boot,

welche das andere Ende des Strickes hielten, zu, daß sie nach sich ziehen sollten. Man gehorchte; und so ward der arme Johann Hals über Kopf ins Meer und durch die Brandung hingerissen. Jetzt hob man ihn ins Boot; aber ach! er schien schon ganz entseelt zu sein. Man machte sich indes über ihn her, richtete ihn auf den Kopf, blies ihm Luft ein und hatte in kurzer Zeit das Vergnügen, ihn ins Leben zurückkehren zu sehen. Der Unteroffizier schwamm auch herbei, und so kehrten alle, vergnügt über den glücklichen Ausgang dieses Abenteuers, zurück nach dem Schiff.

aus: Reise um die Erdkugel, angestellt von dem engl. Commodore Byron im Jahre 1764 und vollendet im Jahre 1766.

Der verlorene Anker

Mein Schiff lag im Hafen vor Anker;
Ich sah dich am ersten Tag,
Da kam's, daß in deinem Herzen
Ich auch vor Anker lag.

Er lag auf dem Grund deines Herzens,
Gar fest und unbewegt,
Ich wollte ihn nimmer lichten,
Dich lieben unentwegt.

Da hast du gekappt den Anker,
Nun treib' ich auf off'ner See,
Und an die Ankerkette
Band ich als Boje mein Weh.

Verfasser unbekannt

Die Piraten von Segna

Eine Novelle aus Venedig und dem adriatischen Meere

Es war Nachmittags, als Marcello's Galeere in Sicht der weißen Klippen von Cherso kam, und bald darauf in den Kanal zwischen dieser Insel und Veglia einlief. Die Massen von dunklen Wolken am westlichen Horizont nahmen immer drohendere Gestalten an, und verschiedene Zeichen eines nahenden Sturmes machten es dem Kapitän der Galeere besonders wünschenswert, vor dem Einbruch der Nacht den nahen Hafen von Pesca, am südlichen Ende der Insel, zu erreichen. Alle Segel wurden nun beigesetzt, und sie steuerten rasch den Kanal hinunter, als plötzlich ein rotes Licht sich über die Wogen in der Richtung, nach der sie segelten, ergoß, von dem der Himmel, der jetzt durch Wolken und den Anbruch der Nacht immer dunkler wurde, den Widerschein zeigte. Durch diesen ungewöhnlichen Anblick angezogen, eilte Antonio auf das hohe Quarterdeck der Galeere, und kaum hatte er es erstiegen, als der Feuerschein, gleich einer Flut von rosigem Licht, sich über die fernen Kalkklippen breitete. Im Entzücken über die malerische Schönheit dieser Szene vergaß der junge Maler, nach der Ursache der merkwürdigen Beleuchtung zu fragen, als plötzlich ein Ruf des Matrosen im Mastkorb seine Aufmerksamkeit fesselte.

»Beim Himmel, es ist ein Feuer!« schrie dieser. »Ganz Pesca muß in Flammen stehn!« Er hatte kaum diese Worte gesprochen, als die Galeere um einen Vorsprung der Insel bog, und man die Richtigkeit seines Ausspruchs erkannte. Eine große Rauchwolke hing wie ein riesiges Leichentuch über dem unglücklichen Pesca. Feuerzungen teilten den dicken, schwarzen Dampf und beleuchteten bis in ungeheure Entfernung Meer und Land.

Kaum hatte Antonio's geblendetes Auge dieses erhabene Schauspiel in sich aufnehmen können, als der Sturm, der schon lange gedroht hatte, mit ungeheurer Gewalt losbrach. Der Sturm heulte wütend in dem Tauwerk, und das Schiff ward wie eine Nußschale von einem Wogenberg auf den andern geworfen; indes jeder Augenblick es immer mehr in die gefährliche Nähe der Küstenklippen brachte. Das Licht, das der brennenden Stadt entströmte, zeigte den Venetianern alle Gefahren ihrer Lage, diese war drohender als je, weil zu vermuten, daß das Signal, das den Lotsenbooten galt, die großen Schiffe durch die Klippen und Untiefen zu bugsieren, in einem solchen Augenblick von den Schiffern zu Pesca nicht beachtet werden würde. Dessen ungeachtet gab man das Signal, aber anstatt die den Venetianern so nötige Hilfe zu bringen, zog es einen Feind herbei, viel fürchterlicher als die Elemente, mit denen jene kämpften. Boote näherten sich bald darauf der Galeere, aber als man sie deutlicher erkennen konnte, zeigte es sich, daß sie nicht mit den friedlichen Fischern bemannt waren, die gewöhnlich den Schiffern zu Hilfe kamen. Sie waren mit starken, stolz einherblickenden Männern gefüllt, die, als sie in geringe Entfernung vom Schiff gekommen waren, ein wildes höhnisches Kampfgeschrei ausstießen und eine tödliche Ladung Musketenschüsse unter die erstaunten Venetianer sendeten. Ehe sich die Letzteren von ihrem Schrecken erholt hatten, waren die Uskoken bis auf wenige Fuß an die Galeere gekommen. Noch eine zweite ebenso wirksame Ladung Musketenschüsse, dann warfen die Piraten ihre Feuerwaffen weg und ergriffen ihre Schwerter und suchten den Bord zu erklimmen. Allein jedes Mal, wenn es ihnen fast gelungen war, sich festzuhalten, schied sie das Sinken der Galeere in den Schoß der Wellen oder das Steigen derselben auf den Rücken einer großen Woge wieder von ihrer Beute, und verhinderte sie somit, Fuß auf dem Deck des Venetianischen Schiffes zu fassen. Unterdes hatten die Offiziere des Letzteren die

Zeit zu Verteidigungsmaßregeln angewendet. Der Proveditore selbst, ein erprobter Mann, voll ritterlichen Muts, der wohlerfahren im Land- wie im Seekriege war, leitete seine Leute bei den Vorbereitungen und suchte mit wenigen kräftigen und feurigen Worten die Mannschaft zu einer ehrenhaften Verteidigung anzuspornen. Aber die Soldaten und Matrosen der Galeere hatten schon durch das Feuer der Uskoken einen großen Verlust erlitten und waren ebenso durch die Nähe jener gefährlichen Küste erschreckt, als durch die Aussicht sich einen Kampf mit einer so überlegenen Anzahl einlassen zu müssen. Obgleich einige ihre Waffen ergriffen und die Posten einnahmen, die ihnen von den Offizieren angewiesen worden waren, so schien doch die Mehrzahl eher dazu aufgelegt zu sein, Rosenkränze zu beten und Gebete herzusagen, als mutig und entschlossen dem Kampf entgegenzugehen, als dem einzigen Wege, der sie von dem doppelten Untergang retten konnte, der ihnen jetzt drohte. Da die Versuche der Piraten an Bord zu kommen, stets von den Elementen vereitelt worden waren, so warfen sie zuletzt von den vergeblichen Anstrengungen ermüdet, ihre Obergewänder von sich, klemmten ihre langen Messer fest zwischen die Zähne und stürzten sich zu Hunderten in das Meer. Von Jugend auf mit diesem Element vertraut, streiften sie mit der Leichtigkeit und Schnelligkeit der Seemöwe über seine Oberfläche hin und klimmten an den Seiten der Galeere empor. Ein mutiger Kampf hätte vielleicht das Schiff jetzt noch gerettet, aber die Heldentage Venedigs waren vorüber, – das Geschlecht der Männer, die so lange das Übergewicht der Republik in den italienischen Meeren erhalten hatten, war ausgestorben. Nach einem schwachen Widerstand streckten die Venetianer die Waffen und baten um Gnade, während der Proveditore, von der Feigheit seiner Landsleute angeekelt, sein Schwert verächtlich zerbrach, sich auf das Quarterdeck zurückzog, dort neben seinen Sohn sich setzte und ruhig sein Schicksal erwartete.

Der erste der Räuber, der das Deck der Galeere erreichte, war Iurissa Caiduch, der schäumend vor Wut, alles was sich ihm in den Weg stellte, niederhieb. Die brennende Stadt beleuchtete die Szene und zeigte ihm und seinen Gesellen, wohin sie sich wenden sollten. Umsonst bat die unglückliche Mannschaft um Gnade. Es wurde keine gegeben, und auf dem Deck des Schiffes strömte bald das Blut, während von Minute zu Minute das Todesgeschrei der Schlachtopfer schwächer und seltener wurde.

Iurissa vergaß in seiner blinden Wut ganz den Zweck des Zuges und stürzte mit hochge-

Karl Gehrts
Die Einbringung des Seeräubers Klaus Störtebeekers in Hamburg
Um 1890

Friedrich Naht
Kurische Nehrung
1890

hobenem Messer auf Marcello und seinen Sohn. Der Letztere schrie um Barmherzigkeit, indes der Proveditore seine würdige Haltung beibehielt und den Piraten mit einem stolzen ernsten Blicke maß. Iurissa stutzte einen Augenblick, durch den Blick verwirrt und durch den imponierenden Eindruck erschüttert, den der Venetianer auf ihn machte. Bald jedoch, als zürne er sich selbst wegen der augenblicklichen Zögerung, stürzte er mit einem grimmigen Schrei und gezückter Waffe wieder vor. Das Messer fuhr hernieder und würde im nächsten Moment das Herz Marcellos durchbohrt haben, hätte nicht ein Uskoke, der bei dem Licht der Feuersbrunst das patrizische Gewand des Proveditore erblickte, einen Ruf des Erstaunens ausgestoßen und wäre dem blutdürstigen Anführer in den Arm gefallen.

»Caiduch!« rief der Pirat, »wollt Ihr wieder unsren Zweck vernichten? Dieser Mann ist ein Venetianischer Nobile. Sein Leben mag uns für das Leben Dansowich's haften.«

»Es ist der Proveditore Marcello!« schrie Antonio, der rasch die kurze Pause benutzte.

Die Worte des jungen Malers gingen von Mund zu Mund, und in wenigen Augenblicken wußten schon alle Uskoken, welchen wichtigen Fang sie gemacht hatten. Eine Sekunde lang fesselte das Erstaunen ihre Zungen, dann aber benachrichtigte ein lautes Freudengeschrei ihre Kameraden an der Küste, daß sich ein ihnen günstiges Ereignis zugetragen habe. Man warf den Piratenbooten Taue zu, die Galeere wurde nach dem Hafen bugsiert, und der Proveditore, sein Sohn und die wenigen Venetianer, die lebend der Metzelei entronnen waren, steuerten unter dem Spott und Hohngeschrei ihrer Sieger der brennenden Stadt zu.

Verfasser unbekannt

Ein Wrack

Es schwimmt ein Wrack auf sturmgepeitschten Wogen,
Zerbrochen ist der Kiel,
Zerschellt ist Rumpf und Mast.
Die Planken sind geborsten und verbogen,
Doch weiter treibt die Flut die todeswunde Last,
Bis sie zersplittert und zerschellt an einem Riff.
Und dieses Wrack war einst mein stolzes Lebensschiff.

Verfasser unbekannt

Die Yacht

An der Landungstreppe vorm Kieler Bahnhof erwarteten uns ein Boot und eine Dampfbarkasse, das Boot für Gepäck, die Barkasse für uns.

Die Barkasse schoß wie ein lebendiges Wesen über die Fläche und warf breite Massen Schaum auf die Seiten. Auf ein kurzes Gewitter, das die Wellen ausgelöscht hatte, war eine unbegreifliche Windstille gefolgt. Wie auf dem ruhigen Spiegel der Alster sahen wir die »Hamburg« in der Ferne vor der Seebadeanstalt liegen, zierlich, fast niedlich. Sollte sie wirklich Platz für mehr als dreißig Menschen enthalten?

Auf der Fahrt wurde die Barkasse besehen. Wir saßen hinten auf bequemen Bänken, die rund um den ausgesparten Raum liefen. Zehn Menschen hatten behaglich Unterkunft. Gegen Sturm, Kielwasser und Regen war durch eine Art Kutschendach gesorgt, das sich leicht hochschlagen ließ. Vor uns hatte der Maschinist seinen Raum, ganz vorn saß der Steuermann, daß er die Bahn ungehindert überblicken konnte.

Auch als wir näher kamen, erschien die »Hamburg« nicht viel größer als aus der Ferne.

Den ersten Begriff von der wirklichen Größe bekamen wir, als uns die Barkasse an Bord folgte. Es ging so rasch, daß man den Eindruck hatte, sie käme uns von selber nachgeklettert. Ehe wir es uns versahen, stand sie wie ein Spielzeug auf dem Verdeck. Das Ruderboot folgte ebenso geschwind. Sie fanden Gesellschaft. Ein Kutter zum Segeln und ein größeres Boot hingen in den Davits.

Bei der Flaute blieb das Schiff an der Boje, und wir benutzten die Zeit, uns zurecht zu finden und einzurichten.

Schon beim Treppenhaus überraschte die sinnige und auf lange Erfahrung deutende Umsicht der Ausbildung. Der Eingang ist durch eine feste Hütte aus schwerem, gegen den stärksten Wellenschlag unempfindlichen Teakholz überdacht und als eine Art Veranda oder Beischlag ausgebildet. Zu beiden Seiten ziehen sich unter der Bedachung, die sich zurückschieben läßt, so daß man bei starkem Wind durch die Wände geschützt ist und doch offenen Himmel über sich hat, bequeme, mit Lederpolstern ausgestattete Bänke hin, die der ganzen Schiffsgesellschaft bei schlechtem Wetter Unterkunft gewähren. Die linke Bank ist erheblich breiter. Es braucht einem nicht erst gesagt zu werden, daß sie sehr bequem zum Liegen ist.

Damit die Füße nicht den fallenden Grund der Treppe als Stützpunkt haben, ist nach den ersten drei Stufen der Länge der Bänke nach eine Rast in den Lauf der Treppe eingefügt. Wo die Treppe anfängt, setzen sich die Bänke in Gestalt von Börtern fort, die sehr brauchbar sind. So steht auf der Schmalseite ein in Fächer geteilter Bort mit den Signalflaggen, und für Karten, Bücher, Deckstühle, Ferngläser, Kissen bleibt Platz genug.

Unten mündet die Treppe in einen Vorraum. Geradeaus geht es durch eine Flügeltür in die Gesellschaftsräume, die mittschiffs um den großen Mast liegen.

Daß der Mast den Schnittpunkt für die Raumteilung hergegeben hat, sieht man nicht auf den ersten Blick, denn er ist ganz eingebaut in die Vertäfelung der Salons, der quer durch die ganze Breite des Schiffes geht. Zwischen Mast und der Außenwand öffnet sich auf der einen Seite eine tiefe Nische mit einem Kamin zwischen zwei Diwans, auf der andern Seite führt die Tür in den Speisesaal.

Der Salon ist ungemein behaglich. Man empfindet beim Eintreten, daß er nicht, wie unsere Einrichtungen so oft, eine Übung am Phantom, sondern bis in alle Einzelheiten der Ausdruck ganz bestimmter Bedürfnisse ist.

Er soll bei rauhem Wetter und abends nach Tisch die Gesellschaft behaglich vereinigen. Dazu gehört, daß ein Platz da ist, an dem sich alle – nach der Zahl der Kabinen sieben oder acht – oder die Mehrzahl zu einer gemütlichen Plauderei niederlassen können, und daß daneben einzelne, die allein sein wollen, um zu lesen oder zu schreiben oder die zu zweien oder dreien eine Unterhaltung führen wollen, vorbereitete Plätze finden. Alle diese Anforderungen hat der Erbauer umsichtig erfüllt.

Die Diwans in der Kaminecke sind gerade soweit voneinander entfernt, daß die Füße der Plaudernden, die von den Kissen und Polstern der niedrigen Diwans mollig aufgenommen werden, nicht miteinander in Konflikt kommen, und daß kleine Tische für Gläser oder Aschenbecher noch reichlich Platz haben.

Wer schreiben will, findet einen halb in die Wand gebauten Schreibtisch, der mit allem Material ausgestattet ist, oder er kann sich an einen der beiden größeren Tische setzen, die sich an die Wand halten, damit sie keinen Durchgang sperren. Wer allein seine Zeitung lesen will, kann sich in einem der tiefen, überaus bequemen Lehnstühle niederlassen, die in gutem Licht an den Tischen allein stehen. Vorübergehende stören ihn nicht und er sperrt keinen Durchgang. Sie sehen aus wie andere Lehnstühle, lassen sich jedoch nicht vom Platz bewegen, sondern nur drehen. Ein Ruck, und man hat Anschluß an einen Nachbar jenseits des Tisches. Links vom Eingang an der Außenwand steht noch ein breiter Diwan. Hier kann sich ausstrecken, wer ruhen will, und mit dem benachbarten Lehnstuhl zusammen bildet der Diwan Gelaß für eine engere Gruppe. Einige leichte Stühle, die rasch hin- und herzuschieben sind und nirgends im Wege stehen, dienen dem Bedürfnis raschen Anschlusses.

Daß die großen Lehnstühle befestigt sind, fordert die Bewegung des Schiffes. Aber es ist eine Vorrichtung, die innerhalb gewisser Grenzen auch für die Einrichtung des Wohnraumes vorbildlich ist. Die Möbel müßten auch im Zimmer so aufgestellt werden, daß bei der Benutzung niemand das Bedürfnis hat, einen Stuhl zu rücken.

Damit ist nun der Inhalt des Salons noch nicht erschöpft, zwei niedrige Tische, Lehnstuhltische, bilden Anlehnungspunkte für die Stühle. Zwei Schränke mit Glastüren im obern Aufsatz stehen für Bücher bereit, deren Anwesenheit einen solchen Raum erst wohnlich macht. Die Schränke mit den Gläsern schmiegen sich in die Ecken, wo, wenn das Schiff schwankt, niemand etwas zu suchen hat.

Für die Beleuchtung sorgen Wandarme und Lampen, die mit der bekannten Hängevorrichtung den Schiffsbewegungen sich anpassen.

Meine Kabine gefiel mir gleich. Es war mehr ein Zimmer. Die Schlafzimmer in Pariser Privatwohnungen größern Stils sind nicht geräumiger. Daß keine Stühle oder andere Möbel, die bei Sturm zu tanzen anfangen konnten, umherstanden, verstärkte die einheitliche Wirkung und gab Ruhe.

Decken und Wände waren weiß lackiert. In den Wandfüllungen helle, freundliche französische Kattune. Der Teppich rot.

Links vom Eingang stand das Bett, in eine Nische eingebaut. Der Raum darunter war als Kommode mit sechs Schiebfächern ausgebildet. Dem Bett gegenüber eine Nische mit bequemem Diwan. An der Wand dazwischen der Waschtisch, weiß lackiert, wie die Wände, und mit einem Aufsatz von rotem Marmor. An der vierten Wand ein sehr umsichtig eingerichteter Kleiderschrank.

Als ich mich eingerichtet und die Koffer auf dem Boden des Schranks verstaut hatte, fühlte ich mich schon zu Haus. Auf dem Deck wurde für die Abfahrt gerüstet.

Ich ging nach dem Heck, um einen Überblick zu haben. Bis zum Steven, wo in ihren weißen Anzügen und roten Mützen die Mannschaft beschäftigt war, dehnte sich eine weite Perspektive. Es war ein Schauspiel, den Bewegungen und Gruppierungen der Leute zu folgen, wie sie unhörbare Befehle ausführten und wie das Weiß ihrer Kleidung, je nachdem sie in Sonne oder in Schatten kamen, warm oder kühl stand.

Unwillkürlich stieg der Blick an den Masten und Segeln empor zu den Wimpeln, die in der Windstille flapp hingen. Daß die Länge des Decks und die Höhe der Masten ungefähr gleich waren, ließ sich kaum schätzen. Der Mast erschien bedeutend kürzer als er war. Ein Auge, das nicht gewöhnt war, Verhältnisse auf See zu schätzen, hätte sicher nicht gewagt, anzugeben, daß die Höhe bis zum Wimpel am Hauptmast einige zwanzig Meter mehr betrüge, als die des Berliner Schlosses.

Mit Spannung wurde dann eine Orientierungsreise ins Innerste angetreten, das auf dem Weg zur Kabine nur flüchtig durcheilt war.

Alfred Lichtwark (1852–1914) aus: Eine Sommerfahrt

La Blanche Nef

»Herr König, ich bin Steffens Kind,
Der den Erobrer einst geführt!
Es ist ein Lehn, daß mein Gesind,
Mein Schiff allein den König führt!

Voraus den schnellsten Seglern fliegt
Mein Boot, La Blanche Nef genannt,
Es weiß, wo sichre Tiefe liegt,
Es furcht das Meer, es kennt den Strand!«

– »Nicht mich, doch meinen besten Hort,
Vier Königskinder, führest du –
Sie knospen, weil mein Leben dorrt –
Die junge Normandie dazu!

Gelobe mir dein himmlisch Teil,
Gelobe mir dein männlich Wort:
Du bringst an Leib und Seele heil
Die Kinder mir nach England dort!«

– »Ich schwöre dir mein himmlisch Teil,
Ich schwöre dir mein männlich Wort:
An Leib und Seele bring ich heil
Die Kinder dir nach England dort!«

Des Schiffers geller Pfiff erscholl,
In See das Boot des Königs stach –
Ein Korb von frischen Blumen voll,
Glitt Blanche Nef, la Belle, nach.

So leichtbeschwingt wie nie zuvor,
Durchfurchte Blanche Nef die See
Mit ihrem kräft'gen Knabenflor
Und Mägdlein schlank wie Hirsch und Reh.

Die Königskinder hell und zart,
Erhöht, inmitten saßen sie,
Ringsum, gepaart in Zucht und Art,
Das Edelblut der Normandie.

Vier Stimmen sangen frisch und schön
Und hundertstimmig scholl der Chor,
Es zog das junge Lustgetön
Die Nixen aus der Flut empor.

– »Ich warne junge Herrlichkeit
Und dich, normännisch Edelblut,
Das Singen schafft der Nixe Leid,
Dem freudelosen Kind der Flut!«

– »Und schaffen dem Gezücht wir Leid,
Und quälen wir das Halbgeschlecht,
Und reizen wir der Nixe Neid,
Das, Steffen, ist uns eben recht!«

Gemach verlosch das Abendrot,
Des Tages Gluten schliefen ein,
Ausbreitet' über Meer und Boot
Der Mond den bleichen Geisterschein.

Die See ist wunderlich erregt.
Was wandert um des Kieles Lauf?
Von Armen wird die Flut bewegt,
Beglänzte Nacken tauchen auf.

Der Steffen ernst am Steuer stand:
»Das Meer ist klar ... doch droht Gefahr ...«
Er deutet mit gestreckter Hand:
»Da naht sie schon, die Nixenschar!«

Umklammert hält den schrägen Mast
Ein blanker Leib als Schiffsfigur,
Daß Blanche Nef, von Graun erfaßt,
In wilder Flucht von dannen fuhr.

– »Ich warne junge Herrlichkeit,
Vergeßt die Nachtgebete nicht!«
– »Ei, Steffen, Kind der alten Zeit,
Süß herzt es sich im Mondenlicht ...«

Es klimmt und überklimmt das Bord,
Es läßt sich nieder aus den Taun,
Es kichert wie ein freches Wort,
Es schaudert wie ein lüstern Graun ...

Es reizt, es quält, es schlüpft, es schmiegt
Sich zwischen Edelknecht und Maid,
Bis sich das Paar in Armen liegt
Zu früher Lust, zu Tod und Leid ...

Dem Steffen steigt das Haar. Er starrt
Auf ein gespenstisch Bacchanal:
Die Königskinder, hell und zart
Verblühen all im Mondenstrahl.

» Verloren geht mein himmlisch Teil,
Gebrochen ist mein männlich Wort:
Nicht bring an Leib und Seele heil
Die Kinder ich nach England dort!

Stirb, Blanche Nef! Bevor es tagt!
Im Wasser weiß ich hier ein Riff . . .«
Er dreht das Steuer stracks und jagt
Der Klippe zu das Sündenschiff.

Der König lauscht zurück: »Das scholl
Wie Sterbeschrei!« Klar ist der Sund.
Ein Korb von welken Blumen voll,
Sinkt Blanche Nef zum Meeresgrund.

Conrad Ferdinand Meyer (1825 – 1898)

Schiffstagebuch

Montag, 15. Oktober

»Die ganze Nacht war ich auf einer Stelle umhergefahren, aus Angst, daß noch vor Tagesanbruch Land auftauchen könnte, denn ich wußte nicht, ob die Küste von Untiefen frei war, und beim Morgengrauen zog ich die Segel ein. Doch da die Insel mehr als fünf Meilen entfernt war, es mochten eher sieben sein, und mich die Ebbe aufhielt, war es gegen Mittag, als ich die erwähnte Insel erreichte, und ich fand heraus, daß die der Insel San Salvador gegenüberliegende Seite in Nordsüdrichtung verläuft und fünf Meilen lang ist, doch die andere, der ich folgte, verlief in ostwestlicher Richtung und war mehr als zehn Meilen lang. Und da ich von dieser Insel aus im Westen eine weitere, noch größere sah, hißte ich die Segel, um den ganzen Tag bis in die Nacht hinein zu fahren, weil ich das Westkap dieser Insel, der ich den Namen Santa Maria de la Concepción gab, noch nicht erreicht hatte, und kurz vor Sonnenuntergang ging ich bei dem Kap vor Anker, um herauszufinden, ob es dort Gold gäbe, denn die Männer, die ich von der Insel San Salvador hatte mitnehmen lassen, sagten mir, die Leute dort trügen sehr große Goldreife an den Beinen und Armen. Ich glaubte aber, daß alles, was sie erzählten, Betrügereien seien, die ihnen die Flucht ermöglichen sollten. Es war indessen mein Vorsatz, an keiner Insel vorüberzufahren, ohne von ihr Besitz zu ergreifen, obwohl man hier sagen kann, man hat alle in Besitz genommen, wenn man eine hat; und ich ging vor Anker und blieb dort bis heute, Dienstag. Morgens fuhr ich mit den bewaffneten Booten zum Strand und ging an Land; die Leute, die zahlreich waren und nackt und von der gleichen Beschaffenheit wie die auf San Salvador, ließen uns auf der Insel umhergehen und gaben uns, was ich von ihnen verlangte. Doch da der Wind in südöstlicher Richtung zunahm, wollte ich mich nicht länger aufhalten und kehrte zum Schiff zurück; ein großer Einbaum hatte sich längsseits neben die Karavelle Niña gelegt, und einer der Männer von der Insel San Salvador, der sich darauf befand, sprang ins Meer und fuhr mit dem Einbaum davon, die Nacht zuvor um Mitternacht war schon ein anderer ins Meer

Schiffe des Columbus

gesprungen, und der Einbaum fuhr zurück, und er entfloh so schnell, daß ihn kein Boot eingeholt hätte, denn sie hatten großen Vorsprung. Trotz unserer Bemühungen erreichten sie das Land, sie sprangen aus dem Boot, und ein paar von meinen Leuten sprangen hinter ihnen an Land, während sie fortrannten wie aufgescheuchte Hühner. Den Einbaum, den sie zurückgelassen hatten, brachten wir an Bord der Karavelle Niña, bei der im gleichen Augenblick von einer anderen Seite her ein kleines Boot mit einem Mann eintraf, der ein Baumwollknäuel eintauschen kam, und weil er nicht auf die Karavelle kommen wollte, sprangen ein paar Matrosen ins Meer und ergriffen ihn; und ich, der ich am Bug des Schiffes stand, sah alles, ich ließ ihn zu mir bringen und gab ihm eine bunte Mütze und ein paar kleine grüne Glaskugeln, die ich ihm um den Arm legte, und zwei Glöckchen, die ich ihm an die Ohren hängte; ich befahl, ihm seinen Kahn, den unsere Leute in das große Boot gehoben hatten, zurückzugeben, und schickte ihn wieder an Land; dann setzte ich die Segel, um nach der anderen großen Insel zu fahren, die ich im Westen gesehen hatte, und ich befahl, auch den anderen Einbaum loszumachen, den die Karavelle Niña am Heck mitschleppte, und als ich zum Land zurücksah, wo eben der andere eintraf, dem ich die erwähnten Dinge geschenkt hatte und dem ich das Baumwollknäuel nicht abnehmen wollte, obwohl er es mir anbot, kamen alle anderen zu ihm gelaufen, und er war über die Maßen erstaunt, er hatte wohl den Eindruck, daß wir gute Leute seien und daß der andere, der geflohen war, uns Schaden zugefügt hätte und wir ihn deshalb mitnahmen, und aus ebendiesem Grund hatte ich mich ja entschlossen, ihn freizulassen, und ihm besagte Dinge gegeben, auf daß sie uns zu schätzen wüßten, damit sie beim nächsten Mal, wenn Eure Hoheiten wieder Leute hierherschickten, nichts Böses anrichteten; alles, was ich ihm gab, war nicht mehr wert als vier Maravedis. Und so brach ich gegen zehn Uhr auf, bei Südostwind, der mitunter bis nach Süd drehte, um nach der anderen Insel zu gelangen, die sehr groß ist und wo es, wie mir all jene Männer, die ich von San Salvador mitführte, durch Zeichen bedeuten, sehr viel Gold gibt, so daß man es als Spangen um die Arme, die Beine, in den Ohren und der Nase und um den Hals trägt. Von der Insel Santa Maria bis zu dieser anderen waren es neun Meilen in Ostwestrichtung, und die ganze diesseitige Küste der Insel verläuft von Nordwest nach Südost, und es scheint, als sei sie hier gut und gern achtundzwanzig Meilen lang, und sie ist sehr flach, ohne Berge, genauso wie die Inseln San Salvador und Santa Maria, und der Strand ist überall ohne Klippen, abgesehen davon, daß es nahe am Land auf allen Seiten ein paar Felsenriffe unter dem Wasser gibt, so daß man die Augen offenhalten muß, wenn man vor Anker gehen will, und nicht so nah an der Küste ankern darf, obwohl das Wasser stets ganz klar ist und man den Grund sehen kann: Aber zwei Kanonenschuß vom Land ist das Wasser vor allen diesen Inseln so tief, daß man nicht auf Grund stößt. Die Inseln sind sehr grün und fruchtbar, und das Klima ist sanft, und es kann dort viele Dinge geben, von denen ich nichts weiß, denn ich will mich nicht aufhalten, weil ich viele Inseln besuchen und erforschen will, um Gold ausfindig zu machen. Und sie geben mir immer wieder zu verstehen, daß es die Leute an den Armen und Beinen tragen, und es ist Gold, denn ich zeigte ihnen ein paar Stücke von dem,

Das Schiff des Columbus, die »Santa Maria«
(Holzschnitt 1493)

das ich selbst bei mir habe; mit der Hilfe unseres Herrn kann ich nicht fehlgehen, und ich werde es finden, wo es anzutreffen ist. Und mitten in dem Golf zwischen diesen beiden Inseln, nämlich der Santa Maria und der großen, der ich den Namen Fernandina gab, traf ich einen einzelnen Mann in einem Einbaum, der von der Insel Santa Maria zur Fernandina fuhr; bei sich hatte er ein bißchen von seinem Brot, etwa eine Handvoll, eine Kürbisflasche mit Wasser und ein wenig rote Erde, die er zu Pulver zerrieben und danach zu einem Teig geknetet hatte, und ein paar trockene Blätter – das muß eine große Delikatesse bei ihnen sein, denn sie brachten mir schon auf San Salvador ein paar davon als Geschenk, er hatte auch ein Körbchen nach ihrer Art bei sich, in dem ein Kettchen mit Glasperlen und zwei

Blancas wären, woran ich erkannte, daß er von der Insel San Salvador kam und nach der Santa Maria gefahren war und von dort aus nach der Fernandina wollte. Als er am Schiff anlangte, ließ ich ihn heraufkommen, wie er es begehrte, und hieß ihn sein Boot an Deck holen, und alles, was er bei sich hatte, gab ich in Verwahrung; und ich befahl, ihm Brot und Honig zu essen und etwas zu trinken zu geben; und so werde ich ihn zur Fernandina bringen und ihm alles, was ihm gehört, wieder aushändigen, damit er gute Kunde von uns gebe, auf daß, wenn Eure Hoheiten, wie es unserem Herrn gefallen möge, wieder Leute hierher schicken werden, jene, die kommen, in Ehren empfangen werden und die Einwohner uns von allem geben, was sie haben.«

Christoph Columbus (1451–1506)

Der Lotse

»Siehst du die Brigg dort auf den Wellen?
Sie steuert falsch, sie treibt herein
Und muß am Vorgebirg zerschellen,
Lenkt sie nicht augenblicklich ein.«

»Ich muß hinaus, daß ich sie leite!«
»Gehst du ins offne Wasser vor,
So legt dein Boot sich auf die Seite
Und richtet nimmer sich empor.«

»Allein ich sinke nicht vergebens,
Wenn sie mein letzter Ruf belehrt;
Ein ganzes Schiff voll jungen Lebens
Ist wohl ein altes Leben wert!

Gib mir das Sprachrohr. Schifflein, eile!
Es ist die letzte, höchste Not.«
Vor fliegendem Sturme gleich dem Pfeile
Hin durch die Schären eilt das Boot.

Jetzt schießt es aus dem Klippenrande.
»Links müßt ihr steuern!« hallt ein Schrei;
Kieloben treibt das Boot zum Lande,
Und sicher fährt die Brigg vorbei.

Ludwig Giesebrecht (1792 – 1873)

Pilgerfahrt durchs Rote Meer

Wir hatten in Kosseir, der ägyptischen Hafenstadt am Roten Meer, nichts anderes und, da der Ort auch sehr langweilig war, nichts Eiligeres zu tun, als alles für unsere Weiterreise vorzubereiten. Darum sahen wir uns auch gleich nach einem Schiff um, das uns nach der arabischen Küste hinübertragen sollte. Von den zwölf Segelschiffen, die im Hafen, oder richtiger gesagt, auf dem Ankerplatz lagen, schien uns eins mit dem Namen »Um ess Ssalam« (Mutter des Friedens) das solideste zu sein. Der Kapitän war ein altes Männchen mit negerartigen Zügen, einem dicken Bauch, ein paar triefenden Augen und einem recht blödsinnigen Gesicht. Außerdem war er mit der Krätze behaftet, was mich während der ganzen

Fahrt aus seiner Nähe verscheuchte. Wir wurden bald handelseinig. Ich mußte tausend Piaster für mich und fünfhundert Piaster für meinen Diener Ali bezahlen. Das war nach europäischen Begriffen sehr billig, für einen Muselmann dagegen sehr teuer.

Nachdem wir uns während des zweitägigen Aufenthalts in Kosseir die nötigen Lebensmittel für eine Überfahrt, die möglicherweise fünf Tage dauern konnte, eingekauft hatten, schifften wir uns am letzten Tage des Monats Schual (21. Mai) auf der »Mutter des Friedens« ein. Dies Schiff war ein offener Kahn mit zwei plumpen Mastbäumen, an denen nur je ein großes Segel hing, und war gewiß das ungeschickteste Schiff, das je ein Meer befahren hat. Es war zudem so mit Passagieren überladen, daß es ganz tief im Wasser lag und man Strohmatten am Rand aufrichtete, womit man die überkommenden Wellen abhalten wollte. Der Kapitän hatte uns, und allen andern ebenfalls, versprochen, nur fünfzig Reisende aufzunehmen; statt dessen fanden sich neunzig vor, von denen jeder sich als den rechtmäßigen Passagier, die übrigen aber als Eindringlinge betrachtete, woraus zunächst ein allgemeines Geschimpfe entstand. Endlich trat etwas Ruhe ein. Da es auf dem Schiff zu eng war, um sich frei bewegen zu können, mußte jeder Reisende an dem Platz, den er einmal gewählt hatte, sitzen bleiben. Die Frauen mußten alle zusammenrücken, und um ihren Platz wurde ein zeltartiges Tuch gespannt, damit kein frommer Pilger die Sünde begehen konnte, fremden Frauen ins Gesicht zu schauen.

Da wir nicht südöstlich in direkter Richtung auf unser Ziel losfuhren, sondern wegen einer Ladung Waren einen Umweg nach Norden machten, bekam ich ein großes Stück der arabischen Küste zu sehen. Den übrigen Mitreisenden war diese Verzögerung gleichgültig, da man ja für die längere Fahrt keinen höheren Preis verlangte, und die Zeit hat für gläubige Moslems keinen Wert. Das englische Sprichwort »time is money« würden diese Leute gar nicht begreifen können.

Für gewöhnlich wagt es der arabische Schiffer nicht, weit hinaus aufs Meer zu fahren, sondern er segelt an der Küste entlang, um bei drohendem Sturm oder bei einbrechender Nacht in einem der zahlreichen Ankerplätze einzulaufen. In unserm Fall mußte aber das Entsetzliche unternommen werden; wir mußten nicht nur uns aufs offene Meer wagen, sondern uns auch gefaßt halten, zwei, vielleicht drei Nächte dort zuzubringen. Viele unserer Gefährten zitterten denn auch aus Furcht vor den Gefahren dieser nächtlichen Fahrt. Da wir Kosseir um 4 Uhr morgens verlassen hatten und der Wind im ganzen günstig gewesen war, befanden wir uns gegen Abend schon völlig auf offener See und hatten die Küste aus den Augen verloren. Nach dem Abendgebet ging unter den Pilgern und Matrosen eine allgemein auffallende Veränderung vor sich. Jeder schickte sich an, die Nacht auf dem offenen Meer mit Andacht und Feierlichkeit zuzubringen. Ans Schlafen dachte niemand, denn eine solche Nacht bedeutet für den Pilger eine große Heldentat. Es wurde geraucht, geplaudert, gebetet, erzählt, gegessen und Kaffee getrunken, so als erwarte man den Untergang der Welt oder doch etwas ganz Außerordentliches. In dieser Nacht ereignete sich jedoch weiter nichts Besonderes, als daß wir eine Zeitlang ganz falsch steuerten und statt vorwärts zu kommen, uns wieder der ägyptischen Küste näherten, so daß wir am andern Morgen weiter von unserm Ziel entfernt waren als am Abend vorher. Der gute Schiffshauptmann hatte nämlich geschlafen, aber das Steuer doch in der Hand behalten und ihm in seinem Schlummer ohne Willen eine falsche Richtung gegeben. Die Folge hiervon war, daß wir nun noch drei Tage und zwei Nächte auf offenem Meer zubringen mußten, während wir sonst einen Tag weniger gebraucht hätten. Wir mußten also noch zwei feierliche Nächte unter Wachen, Kaffeetrinken, Essen, Gebeten und frommen Erzählungen zubringen. Endlich, am vierten Tag nach unserer Abreise von Kosseir, erblickten wir die langersehnte arabische Küste. Alle Pilger brachen bei diesem Anblick in Jubel aus; nicht nur die überstandene Gefahr, auch die Küste selbst, der heilige Strand des Gelobten Landes, erregte diese freudigen Gefühle.

Unsere Reise zog sich nun von Tag zu Tag an der arabischen Küste hin. Die ganze Uferstrecke ist mit unzähligen Korallenbänken besetzt. Das macht die Schiffahrt bei stürmischem Wetter sehr gefährlich, aber die Schiffer haben überall aus Korallensteinen Türme aufgerichtet, womit sie die Ankerplätze bezeichnen. Am fünften Tag unserer Küstenfahrt, es mochte etwa 3 Uhr nachmittags sein, blieb die »Mutter des Friedens« plötzlich auf einer Korallenbank sitzen und zwar so fest, als wäre sie angenagelt. Man kann sich denken, welch ein Wirrwarr nun entstand. Frauen heulten, Männer fluchten, alle liefen ratlos durchein-

ander, und der Schiffshauptmann verkroch sich in irgendeinem Winkel. Die Matrosen zitterten vor Angst, Kinder schrieen, mein Freund Scheich Mustapha betete in größter Eile seinen Rosenkranz einmal über das andere ab, alles schien einem baldigen Untergang entgegenzusehen, und dies wäre auch sicher unser Schicksal gewesen, wäre das Meer, statt vollkommen ruhig, aufgeregt oder stürmisch gewesen. Dann hätten einige kräftige Wellenstöße genügt, um die »Mutter des Friedens« auf der Korallenbank in tausend Stücke zu zerschmettern, und die Hadschadsch (Pilger) wären wohl zum größten Teil ertrunken. Glücklicherweise war jedoch die See glatt wie ein Spiegel, und nachdem alles eine Zeitlang gewehklagt hatte, fiel es einem schnauzbärtigen Türken ein, daß man doch vielleicht etwas zu unserer Rettung tun müsse. Zwanzig Kerle, so riet er, müßten auf diese Korallenbank niedersteigen und das Schiff mit ihren Schultern fortstoßen. Da die Korallen nicht über Wasser bauen, so müßte man sich darauf gefaßt machen, bis an die Knie, ja stellenweise bis an die Schenkel Wasser zu haben, was manche abschreckte, während andere sich vor Abgründen, selbst vor vermeintlichen Seeungeheuern fürchteten. Endlich gelang es uns, den Schiffshauptmann aus seinem Versteck hervorzuholen und ihn zu bewegen, das Rettungswerk zu befehligen. Die Matrosen wollten zwar lange nicht daran, ins Wasser zu springen, weil sie behaupteten, die Korallenbank sei behext. In Wirklichkeit fürchteten sie sich aber vor den vielen feinen Zacken und Spitzen der Korallen, welche die Fußhaut schinden und zerreißen. Da ihnen jedoch die beiden Türken mit gutem Beispiel vorangingen, sprangen sie endlich hinein, und nach etwa einer halben Stunde waren über zwanzig Männer beschäftigt, das Schiff wieder flott zu machen, was auch endlich gelang. Aber dann war man wenigstens eine Stunde lang damit beschäftigt, die zahlreichen Fußwunden zu verbinden, welche sich unsere Retter geholt hatten. Keiner war unverletzt aus dem Wasser herausgekommen, so daß man die Furcht der Matrosen vor der Korallenbank sehr wohl verstehen konnte. Am Abend dieses Tages veranstalteten unsere Matrosen eine Festlichkeit, um unsere glückliche Durchfahrt durch die Klippen der arabischen Küste zu feiern. Sie hatten zu Ehren eines Heiligen einen Ziegenbock geschlachtet, der halb gebraten verzehrt wurde und wovon man der ganzen Schiffsgesellschaft Stücke anbot. Aber nur den wenigsten glückte es, diese Speise genießen zu können; die meisten gaben die Versuche, sich an dem lederharten Fleisch dieses uralten Bockes die Zähne auszubeißen, bald auf und begnügten sich mit einer weniger frommen Speise.

In Obhor, wo wir ein paar Tage später eintrafen, fanden wir den schönsten Ankerplatz

E. F. Palmer
Mitternachtsrennen zwischen den beiden Schaufeldampfern »Natschez« und »Ecclipse« auf dem Mississippi
1860

Nächste Seite
Caspar David Friedrich
Ansicht eines Hafens
Um 1815

dieser Fahrt. Die Einfahrt zu diesem flußartigen Meeresarm ist zwar eng, aber ungefährlich, da sich zu beiden Seiten von Arabern errichtete Korallentürmchen befinden, die den Weg genau angeben. Aber keine Stadt, kein Dorf fand sich vor, nur einzelne Beduinen hausten daselbst in schmutzigen, zerfetzten Zelten und hielten für die Pilger einen Markt ab. Diese Beduinen waren ein ganz unausstehlich rohes, aber natürlich auch strenggläubiges Volk, die zum Beispiel einen armen buckligen Pilger grausam verhöhnten, indem sie seinen Buckel, der sich nicht unter dem Ihram verbergen ließ, mit Pech anstrichen und Nesseln darauf klebten, außerdem sich eine Menge anderer Scherze mit den armen Hadschadsch erlaubten. Die unglücklichen Pilger müssen ja alles geduldig hinnehmen und dürfen, wenigstens solange sie der Ihram bekleidet, sich keinerlei Gegenwehr erlauben. Ebenso darf er kein Tier töten, nicht einmal das ekelhafteste Insekt, was einen besonders rohen Beduinen von Obhor zu dem unanständigen Scherz bewog, einen armen Hadschadsch mit einem ganzen Heer von Läusen, die er in einer Tüte gesammelt hatte, zu überschütten, so daß der schwergeplagte Pilger mit diesen scheußlichen Tierchen nun noch bis Dschidda und Mekka wallfahrten mußte, ohne auch nur im geringsten sich Erleichterung verschaffen zu können, denn man darf die Läuse nicht einmal mit der Hand abstreifen, aus Furcht, man könnte sie verletzen.

Der nächste Tag mit seiner wolkenlosen Glut brachte wieder einigen armen Hadschadsch den Sonnenstich. Überhaupt befanden sich die meisten Pilger in einem höchst leidenden Zustand. Litten sie nicht unter den brennenden Sonnenstrahlen, so doch unter der massenhaften Verbreitung des Ungeziefers, namentlich der Läuse, welche von dem in Obhor mit Läusen überschütteten Pilger ausging. Der Körper dieses unglücklichen Hadsch war unglücklicherweise auch noch sehr behaart, so daß die ekelhaften Insekten in diesem Haar einen besonders festen Halt gewannen. Alles Schütteln, das einzige, was der von Ungeziefer geplagte Pilger tun durfte, half nur dazu, die Nachbarn anzustecken, so daß die Nähe dieses Mannes bald wie die Pest gemieden wurde. Dennoch mußte er Nachbarn, und zwar sehr dichte Nachbarn haben, da das Schiff mit Menschen wie vollgestopft war. Die »Mutter des Friedens« hatte nämlich an der ganzen arabischen Küste fast überall Passagiere aufgenommen, so daß unsere Zahl auf nahezu hundertundfünfzig angewachsen war, und da die »Mutter des Friedens« nur für einige sechzig Platz hatte, folgte daraus eine wahre Heringsverpackung der armen Hadschadsch, welche durcheinander, aneinander, übereinander und untereinander lagen, und daß diese bei einer Hitze von fast 40°C aneinandergequetschten Hadschadsch ganz furchtbar ausdünsteten, wird jeder meiner arggeplagten Nase glauben. – Aber nicht allein unter der Hitze hatten die armen Pilger zu leiden, nein, auch, so sonderbar es auch klingen mag, unter Erkältungen, die diese Menschen sich zugezogen hatten, weil sie ganz plötzlich ihre gewohnte Kleidung gegen ein paar dürftige Umschlagetücher vertauscht hatten, die besonders die Magengegend freiließen. So kam es denn auch, daß wir nicht wenige an Durchfall und ähnlichen Krankheiten Leidende an Bord der »Mutter des Friedens« hatten, deren Zustand höchst ekelhaft war und zu den Greueln dieser Pilgerfahrt nicht wenig beitrug.

Schon um 5 Uhr setzte sich das Schiff am andern Morgen langsam und gemessen in Bewegung. Das heutige Ziel unserer Reise sollte Dschidda sein, Dschidda, der Hafenort Mekkas, wo unsere Schiffsreise ein Ende finden sollte. Diese frohe Hoffnung hielt uns den ganzen Tag aufrecht, so daß wir unsern schlechten körperlichen Zustand nicht so drückend empfanden. – Gegen Mittag endlich sahen wir eine ziemlich ansehnliche Häusermasse aus dem Meer auftauchen. Kuppeln erhoben sich, Minaretts ragten in die Höhe, die Masten von Segelschiffen, ja, sogar hier und da das Rohr eines Dampfschiffes: es war der langersehnte Hafen, Dschidda, das Tor, welches uns Mekka erschließen sollte. Alle Pilger gerieten in eine große freudige Aufregung, ihr Antlitz strahlte, ihre Augen glühten vor Begeisterung. Da lag die Stadt der Elternmutter des Menschengeschlechts, in der sich auch ihr Grab befindet, da lag Dschidda, schon durch dies Grab heilig, aber unendlich viel heiliger dadurch, daß von hier der Weg nach Mekka hinaufsteigt. Mein ehrwürdiger Freund Scheich Mustapha konnte es denn auch nicht lassen, bei diesem Anblick folgende Predigt an mich zu richten: »O Maghrebi, da bist du nun im Angesicht der Elternmutter des Menschengeschlechts angelangt. Rufe: Sei gegrüßt, Mutter Eva, sei gegrüßt! Dort liegt sie, ohne die du gar nicht vorhanden wärst. Lobe Gott, daß Allah sie geschaffen hat; aus einer Rippe hat er sie geschaffen, o Maghrebi aus einer Rippe von Adam, dem Vater des Menschengeschlechts!«

So predigte Scheich Mustapha ungefähr noch eine Stunde fort, während die »Mutter des Friedens« zwischen den Korallenbänken und -klippen sich mühsam einen Weg suchte und endlich gerade zur Zeit des Mittagsgebets in Dschidda anlangte. Ein lautdonnerndes »Labik« war der Gruß der Hadschadsch an dieses langersehnte Reiseziel.

Heinrich von Maltzahn

Einweihung des Suezkanals im Jahre 1869.

John Maynard

John Maynard!
»Wer ist John Maynard?«
»John Maynard war unser Steuermann,
aushielt er, bis er das Ufer gewann,
er hat uns gerettet, er trägt die Kron,
er starb für uns, unsre Liebe sein Lohn.
   John Maynard!«

Die »Schwalbe« fliegt über den Erie-See,
Gischt schäumt um den Bug wie Flocken von Schnee;
von Detroit fliegt sie nach Buffalo –
Die Herzen aber sind frei und froh,
und die Passagiere mit Kindern und Fraun
im Dämmerlicht schon das Ufer schaun,
und plaudernd an John Maynard heran
tritt alles: »Wie weit noch, Steuermann?«
Der schaut nach vorn und schaut in die Rund:
»Noch dreißig Minuten ... Halbe Stund.«

Alle Herzen sind froh, alle Herzen sind frei –
da klingt's aus dem Schiffsraum her wie Schrei,
»Feuer!« war es, was da klang,
ein Qualm aus Kajüt und Luke drang,
ein Qualm, dann Flammen lichterloh,
und noch zwanzig Minuten bis Buffalo.

Und die Passagiere, buntgemengt,
am Bugspriet stehn sie zusammengedrängt,
am Bugspriet vorn ist noch Luft und Licht,
am Steuer aber lagert sichs dicht,
und ein Jammer wird laut: »Wo sind wir? wo?«
Und noch fünfzehn Minuten bis Buffalo. –

Der Zugwind wächst, doch die Qualmwolke steht,
der Kapitän nach dem Steuer späht,
er sieht nicht mehr seinen Steuermann,

aber durchs Sprachrohr fragt er an:
»Noch da, John Maynard?« »Ja, Herr. Ich bin.«
»Auf den Strand! In die Brandung!« »Ich halte drauf hin.«
Und das Schiffsvolk jubelt: »Halt aus! Hallo!«
Und noch zehn Minuten bis Buffalo. – –

»Noch da, John Maynard?« Und Antwort schallts
mit ersterbender Stimme: »Ja, Herr, ich halts!«
Und in die Brandung, was Klippe, was Stein,
jagt er die »Schwalbe« mitten hinein.
Soll Rettung kommen, so kommt sie nur so.
Rettung: Der Strand von Buffalo!

Das Schiff geborsten. Das Feuer verschwelt.
Gerettet alle. Nur einer fehlt!
Alle Glocken gehn; ihre Töne schwelln
himmelan aus Kirchen und Kapelln,
ein Klingen und Läuten, sonst schweigt die Stadt.
Ein Dienst nur, den sie heute hat:
Zehntausend folgen oder mehr,
und kein Aug im Zuge, das tränenleer.
Sie lassen den Sarg in Blumen hinab,
mit Blumen schließen sie das Grab,
und mit goldner Schrift in den Marmorstein
schreibt die Stadt ihren Dankspruch ein:

»Hier ruht John Maynard. In Qualm und Brand
hielt er das Steuer fest in der Hand.

Er hat uns gerettet, er trägt die Kron,
er starb für uns, unsre Lieb sein Lohn.
John Maynard.«

Theodor Fontane (1819–1898)

Manuskriptfund in einer Flasche

Die Hauptwut des Sturmes hatte sich bereits gelegt, und wir befürchteten wenig Gefahr durch die Heftigkeit des Windes; mit Besorgnis sahen wir vielmehr dem gänzlichen Aufhören entgegen, weil wir guten Grund hatten, anzunehmen, daß wir bei unserem ramponierten Zustand unweigerlich in der dann zwangsläufig folgenden schweren Dünung zugrundegehen würden. Aber diese sehr berechtigte Besorgnis schien sich keineswegs bald zu verwirklichen. Denn 5 volle Tage und Nächte lang – während denen unsre einzige Nahrung in ein bißchen Jagre bestand, welche wir unter großen Schwierigkeiten aus dem Vorderschiff holten – jagte der Rumpf mit einer jeder Schätzung spottenden Geschwindigkeit dahin; angetrieben von rasch aufeinanderfolgenden Böen, welche, obschon nicht mit dem ersten Anprall des Taifuns vergleichbar, immer noch weit wütender waren, als jeder andere Sturm, den ich vorher erlebt hatte. Die ersten 4 Tage hindurch war unser Kurs, mit ganz unbedeutenden Abweichungen, Südost zu Süd; und es mußte uns parallel zur Küste von Neu-Holland dahingeführt haben. – Im Laufe des fünften Tages wurde die Kälte empfindlich; obschon der Wind 1 Strich mehr auf Nord gedreht hatte. – Nun ging die Sonne schon mit krankhaft gelber Scheibe auf und klomm nur ganz wenige Grade noch über den Horizont – spendete auch kein nennenswertes Licht mehr. – Wolken waren keine zu sehen; aber der Wind nahm trotzdem immer mehr zu und fauchte wütend, unregelmäßig stoßweise.

Wir warteten vergebens auf den Anbruch des 6. Tages – mir ist dieser Tag heute noch nicht angebrochen, dem Schweden wird er nie anbrechen. Alsdann waren wir in Pech-Schwärze eingehüllt, so daß wir, 20 Schritt vom Schiff entfernt, keinen Gegenstand mehr hätten ausmachen können. Ewige Nacht umgab uns pausenlos; ganz ungelindert durch das phosphorezierende Meerleuchten, an das wir uns in den Tropen gewöhnt hatten. Wir bemerkten auch, daß, obgleich der Sturm mit unverminderter Heftigkeit weitertobte, wir dennoch keine Spur mehr von dem Schäumen oder den Brandungen entdecken konnten, die uns bisher begleitet hatten. Alles in der Runde war Graus, fettes Düster, und eine

schwarze schwitzende Wüste aus flüssigem Ebenholz. – Abergläubisches Entsetzen beschlich den Geist des alten Schweden; meine eigene Seele war übermannt von stillem Staunen. Wir ließen jede Sorge um das Schiff als schlimmer denn nutzlos fallen, sicherten uns, so gut es ging, an den Stumpf des Besanmastes und starrten voll Bitternis in die Ozeanwelt. Wir verfügten weder über Mittel, die Zeit zu messen; noch konnten wir unsern Standpunkt bestimmen, sei es auch nur ganz annähernd. Trotzdem waren wir uns völlig klar darüber, daß es uns weiter südwärts geführt haben mußte, als sämtliche früheren Entdecker, und wir staunten beträchtlich, als wir nicht auf die zu erwartenden Eishindernisse trafen. Inzwischen drohte jeder Moment, unser letzter zu sein; jeder Wogenberg eilte, uns zu verschlingen. Die Dünung überstieg alles, was ich bisher als überhaupt vorstellbar gehalten hatte, und es ist ein glattes Wunder, daß wir nicht sofort begraben wurden.

Wir fanden uns am Boden eines dieser Abgründe, als plötzlich ein gellender Schrei meines Gefährten die Nacht aufs furchtbarste zerriß. »Sieh! Sieh!« kreischte sein Ruf mir ins Ohr, »Allmächtiger Gott! Sieh! Sieh!«. Während er sprach, wurde ich schon der dumpf trüben Rotglut des Lichtes gewahr, welches die Innenseite des weiten Wasserkraters, in dem wir lagen, herabströmte und ruckenden Glanz über unser Deck warf. Die Augen nach oben gerichtet, erblickte ich ein Schauspiel, bei dem mir das Blut in den Adern gerann. In einer furchtbaren Höhe, direkt über uns und unmittelbar am Rand des jähen Abgrundes, schwebte ein gigantisches Schiff, mit schätzungsweise viertausend Tonnen. Obgleich auf den Kamm einer Woge gehoben, mehr als hundert Mal so hoch wie es selbst, übertraf seine scheinbare Größe dennoch die jedes Linienschiffes oder Ostindienfahrers. Sein mächtiger Rumpf war von einem tiefen schmutzigen Schwarzbraun, welches keines der bei Schiffen sonst üblichen Zierraten etwas aufgelockert hatte. Eine einzige Reihe messingner Geschütze sah aus den offenstehenden Stückpforten hervor, und ihre blankgeputzten Oberflächen spiegelten zuckend die Feuer unzähliger Gefechtslaternen wider, welche überall in der Takelage hin und her pendelten. Aber das, was uns hauptsächlich mit Grausen und Erstaunen erfüllte, war, daß wir sämtliche Segel gesetzt sahen, dem übernatürlichen Seegang zum Trotz. Als wir seiner zuerst ansichtig wurden, war nur die Bugpartie zu sehen gewesen,

als es sich langsam aus seinem düsteren und schrecklichen Schlund jenseits hob. Einen Moment entsetzlichster Spannung lang harrte es in der schwindelnden Höhe, wie in Betrachtung seiner eignen Erhabenheit; dann ein Beben; ein Wanken – und jetzt kam es herab!

In diesem Augenblick überkam, ich weiß nicht, was für eine plötzliche Selbstbeherrschung meinen Geist. So weit nach achtern stolpernd, wie ich nur konnte, erwartete ich furchtlos den uns bevorstehenden Untergang. Unser eigenes Fahrzeug war dabei, sein Ringen aufzugeben, und ließ bereits das Haupt in die See sinken. Die Wucht der niedersausenden Riesenmasse traf es deshalb an derjenigen Stelle seines Baus, die sich schon unter Wasser befand;

und das unvermeidliche Ergebnis war, daß ich mit unwiderstehlicher Gewalt in die Takelage des Unbekannten gehebelt wurde.

Während meines Falls noch ging das Schiff über Stag und drehte ab; und dem sich daran anschließenden Durcheinander schrieb ich es zu, daß ich der Wahrnehmung durch die Mannschaft entging. Ohne nennenswerte Schwierigkeit gelang es mir, die teilweise offenstehende Großluke ungesehen zu erreichen, und ich fand bald auch eine Gelegenheit, mich im Schiffsraum zu verbergen.

Ich war kaum damit fertig geworden, als mich auch schon Schritte im Schiffsraum nötigten, davon Gebrauch zu machen. Ein Mann kam an meinem Versteck vorbei, mit schwachem und unsicherem Gang. Sein Gesicht konnte ich nicht erkennen; hatte aber Möglichkeit, sein Äußeres im allgemeinen zu beurteilen. Der gesamte Eindruck war der von hohem Alter und Gebrechlichkeit. Seine Knie wankten unter einer Last von Jahren, und sein ganzer Körperbau zitterte ob der Bürde. Er murmelte mit sich selbst, in leisem brüchigem Ton, ein paar Worte einer Sprache, welche ich nicht verstehen konnte, während er in einem Haufen eigentümlich aussehender Instrumente und morscher Seekarten herumstöberte, welcher in einem Winkel lag. Sein Gebaren dabei war ein verwildertes Gemisch aus der Grämlichkeit zweiter Kindheit und der feierlichen Würde eines Gottes. Schließlich entfernte er sich in Richtung des Decks, und ich sah ihn nicht mehr.

Jetzt ist es schon lange her, seit ich zuerst das Deck dieses schrecklichen Schiffes betrat; und die Strahlen meines Schicksals sind, wie ich meine, dabei, sich in einem Brennpunkt zu sammeln; Unbegreifliche Männer! Sie gehen, versunken in Betrachtungen einer Art, welche ich nicht raten kann, achtlos an mir vorüber. Der Gipfel der Narretei meinerseits wäre Versteckspielen; denn die Leute wollen nicht sehen. Eben vorhin erst bin ich direkt vor den Augen des Maats vorbeigegangen – und es ist noch gar nicht so lange her, daß ich mich in die eigene Privatkajüte des Kapitäns gewagt habe und dort die Materialien genommen habe, mit denen ich hier schreibe, (beziehungsweise geschrieben habe).

Ich habe letzthin zahlreiche Beobachtungen bezüglich der Konstruktion des Fahrzeuges angestellt. Obgleich gut bestückt, handelt es sich meines Erachtens nicht um ein Kriegs-

schiff. Takelung, Bauart und allgemeine Ausrüstung schließen alle eine Annahme dieser Art aus. Was es nicht ist, kann ich unschwer wahrnehmen – was es ist, wird, fürchte ich, unmöglich zu sagen sein. Ich weiß nicht, wie es kommt, aber wenn ich das seltsame Modell so ins Auge fasse, und die eigenartige Anordnung der Spieren, die mächtige Größe, samt dem übertriebnen Stell von Segeln, den schmucklos würdevollen Bug und den altertümlichen Stern, dann will es mir zuweilen im Gemüt aufblitzen, wie eine Empfindung altvertrauter Dinge; und immer mischt sich mit solch unbestimmten Schatten der Erinnerung ein unerklärbares Gedenken an alte fremde Chroniken und längst vergangne Zeitalter.

Ich habe mir inzwischen das Holzwerk des Schiffes angesehen: Es ist aus einem Material gebaut, das mir unbekannt ist. Vor allem hat das Holz eine absonderliche Eigenschaft, welche es mir ganz ungeeignet erscheinen läßt. Ich meine damit seine auffällige Porosität; einmal den wurmstichigen Zustand beiseite gesetzt, welcher eine unvermeidliche Folge der Seefahrt in diesen Ozeanen ist, und auch abgesehen von seiner Verrottetheit als reiner Alterserscheinung. Es mag vielleicht wie eine etwas superkluge Bemerkung wirken; aber dies Holz hier würde eigentlich jedes charakteristische Merkmal Spanischer Eiche besitzen, wenn Spanische Eiche durch irgendein unnatürliches Verfahren ausgedehnt worden wäre.

Vor rund einer Stunde hab' ich mich erdreistet, mich in eine Gruppe der Mannschaft einzudrängen. Sie achteten in keiner Weise auf mich, und schienen sich, obwohl ich schon genau in der Mitte von ihnen allen stand, meiner Anwesenheit absolut nicht bewußt. Wie derjenige, den ich zuerst im Schiffsraum gesehen hatte, trugen sie sämtlich die Stigmata höchsten greisen Alters an sich. Ihre Knie zitterten vor Schwäche; ihre Rücken waren gekrümmt vor Hinfälligkeit; ihre verschrumpften Häute rasselten im Wind; ihre Stimmen waren leise, zittrig und gebrochen; ihre Augen trieften vom Greisenschleim; und ihr Grauhaar strömte schreckhaft im Sturme. Um sie herum, allüberall auf dem Deck, lagen mathematische Instrumente verstreut, von der spitzfindig-phantastischsten und altmodischverschmitztesten Konstruktion.

Ich habe den Kapitän gesehen, von Angesicht zu Angesicht und in seiner eigenen Kajüte – aber, wie ich schon erwartete, schenkte er mir keinerlei Aufmerksamkeit. Obwohl sich für einen flüchtigen Beobachter in seiner äußeren Erscheinung nichts findet, das ihn mehr oder weniger als einen Menschen ankündigte – dennoch war dem Gefühl der Verwunderung, mit welchem ich ihn betrachtete, ein nicht zu unterdrückendes Element von Ehrfurcht und

heiliger Scheu beigemischt. Er hat nahezu meine eigene Statur; das heißt, er ist 5 Fuß 8 Zoll groß. Sein Körperbau ist kompakt und harmonisch; weder ausgeprägt stämmig noch das Gegenteil davon. Aber es ist die Eigentümlichkeit des Ausdrucks, der über seinem Gesicht liegt – es sind die konzentrierten, die wundersamen, die aufpeitschenden Hinweise auf ein Alter, so unsagbar, so exorbitant, daß es in meinem Geist eine Empfindung wachruft – ein unauslöschliches Gefühl. Seine Stirn, obwohl nur leicht gefältelt, scheint den Stempel einer Myriade von Jahren zu tragen. – Seine grauen Haare sind Annalen der Vergangenheit, und seine grauen Augen Sybillen der Zukunft. Dicht hingestreut über den Fußboden der Kajüte lagen seltsame Folianten mit Eisenschließen, brüchige wissenschaftliche Instrumente und altfränkische, längstüberholte Seekarten. Er hielt den Kopf tief auf seine Hände niedergebeugt und durchging mit glühendem unstetem Auge ein Papier, das mir eine Bestallungsurkunde schien, welches aber auf jeden Fall die Unterschrift eines Monarchen trug. Er murmelte mit sich selbst, gleich jenem ersten Seemann, den ich im Schiffsraum sah, ein grämelndes leises Gesilbel in fremder Zunge; und ob schon der Sprechende ellbogendicht neben mir war, schien seine Stimme mein Ohr aus meilenweiter Entferntheit her zu erreichen.

In der unmittelbaren Nachbarschaft des Schiffes ist alles Schwärze und ewige Nacht und ein Chaos schaumlosen Wassers; aber rund einer Legua zu beiden Seiten von uns, lassen sich, undeutlich und nur zuzeiten, stupende Festungswälle aus Eis wahrnehmen, welche sich nach oben in den öden Himmel verlieren, und wie die Mauern des Universums wirken.

Es hat sich bestätigt, was ich mir schon dachte: das Schiff befindet sich in einem Sog; falls dergleichen Bezeichnung angemessenerweise einer Strömung gegeben werden kann, die heulend und kreischend am weißen Eis dahindonnert, immer nach Süden zu, mit einer Geschwindigkeit, so jäh und reißend wie ein Katarakt.

Die Mannschaft mißt das Deck mit unruhigen und zitternden Schritten; aber über ihren Gesichtern liegt eher ein Ausdruck eifernden Hoffens als Resignation oder Verzweiflung.

Inzwischen haben wir den Wind noch immer von achtern; und da wir unter solchem Press von Segeln fahren, hebt es das Schiff zuzeiten buchstäblich aus der See – Oh Grauen über Grauen! Das Eis öffnet sich plötzlich zur Rechten; auch zur Linken; und wir wirbeln wie betäubt, in immensen konzentrischen Kreisen, so rund wie rund wie rund herum in einem gigantischen Amphitheater, dessen Wände sich nach oben in Distanz verlieren. Aber nur wenig Zeit wird mir vergönnt sein, über mein Schicksal nachzudenken – die Kreise werden sehr rasch enger – wir strudeln wie irr, gepackt vom Wirbelpfuhl – und inmitten des Röhrens und Blökens und Donnerns, von Ozean und von Sturm, beginnt das Schiff zu vibrieren; Oh Gott! und – alles versinkt –

Edgar Allan Poe (1809 – 1849)

An Bord des Andrea Doria

In die Stadt Antwerpen brachten Fischer die Botschaft von dem nächtlichen Vorgang, und groß war darob, je nach der Parteistellung, der heimliche Jubel oder die laute Wut der Bevölkerung.

Auch in der Stadt lief baldigst durch das Volk der Name der »schwarzen Galeere« und wurde mit mehr oder weniger Zuversicht mit dem geschehenen Unheil in Verbindung gebracht.

Wer konnte in solcher Sturmnacht, wie die vergangene war, solche Tat anders getan haben als die schwarze Galeere?

Auf den Plätzen, in den Gassen, in den Werkstätten, in den Kirchen, auf dem Rathause und in der Zitadelle wurde das Wort gehört. Auf den Kriegs- und Handelsschiffen, die am Kai, dicht an den Häusern und Mauern der Stadt, vor Anker lagen, lief es um. Überall, wie gesagt, sah man Bestürzung oder geheimes Frohlocken auf den Gesichtern.

»Die schwarze Galeere! Die schwarze Galeere!« –

Das war Federigo Spinola, ein edler Genueser Patrizier, ein unternehmender Sohn des berühmten Geschlechtes jener reichen Republik, welcher mit dem König von Spanien, Philipp dem Dritten, einen Vertrag abgeschlossen hatte, für den Dienst der katholischen Majestät eine Flotte gegen die niederländischen Rebellen auszurüsten und dieselbe in die Nordsee zu führen. Alle Beute, alle Schiffe, welche den Ketzern abgenommen wurden, waren Eigentum des Admirals Federigo, und so fuhr er mit einer bedeutenden Anzahl Galeeren und Galeonen, bemannt mit sechzehnhundert kühnen Männern, aus von Genua, schiffte durch die Straße von Gibraltar, umfuhr das Kap Finisterre, nahm im Busen von Biskaya eine große Anzahl verwegener biskayischer Piraten und Kaper in sein Schiffsgefolge auf, desgleichen eine große Anzahl Dünkirchner Freibeuter und erschien am 11. September 1599 im Hafen von Sluis, wo er Anker warf und von wo aus er seine Tätigkeit in dem nordischen Meer begann.

Zum erstenmal wurden die Wellen der Nordsee von diesen romanischen Ruderfahr-

zeugen gepeitscht, deren sich bis dahin nur die Anwohner des Mittelländischen Meeres bedient hatten. So kam es, daß anfangs selbst die wackern, nichts fürchtenden seeländischen Schiffsleute den Schrecken des Unbekannten fühlten vor diesen italienischen Galeeren, die gleich riesenhaften Wasserkäfern mit hundert Ruderfüßen die Wogen schlugen.

So machte Federigo Spinola anfangs ein vortreffliches Geschäft und gewann manch reichbeladenes Kauffahrteischiff, manch armes Fischerboot den Niederländern ab, bis der erste Schrecken von den letzteren überwunden war und sie es wagten, den neuen Feinden kühner an den Leib zu gehen. Ein zahlreiches Geschwader sandten die Generalstaaten aus, und in einem heißen Gefecht ward nicht nur eine große Anzahl der feindlichen Kaper vernichtet, sondern sogar auch eine der schrecklichen Galeeren genommen.

Im Triumph brachte man das merkwürdige Schiff nach Amsterdam, und hier wurde nach diesem Modell ein ähnliches Fahrzeug gebaut und mit den kühnsten Herzen und Händen

bemannt. Drohend schwarz war seine Farbe, und bald genug wurde die – schwarze Galeere den Spaniern und dem Admiral Federigo Spinola schrecklich. Die Spekulation des Genuesers trug von da an nicht mehr so gute Früchte wie im ersten Anfang. –

So war die schwarze Galeere kein Geisterschiff, kein Gespensterschiff, sondern ein Ding von Holz und Eisen, und seine Bemannung war auch keine Gespensterschar. Wesen von Fleisch und Blut kletterten in den Tauen, richteten die Segel, luden die Drehbassen, schlugen die Lunten auf und enterten die feindlichen Schiffe mit dem wilden Geschrei:

»Lieber Türk als Pfaff!« – – –

Über die schwarze Galeere unterhielt sich auf den Plätzen und in den Gassen der großen

Handelsstadt Antwerpen das Volk, und jeder Nachbar wollte Genaueres wissen über das Gerücht, daß das treffliche Ruderschiff, die Unbefleckte Empfängnis, gestern Nacht durch die Seeländer in die Luft gesprengt worden sei.

Der Admiral Friedrich Spinola kam nachzuschauen, wie es aussah auf dem Andrea Doria und den übrigen Schiffen seiner Flotte unter den Mauern von Antwerpen. Er befand sich in der übelsten Stimmung, wie Antonio und Leone wohl merkten, als sie zu seinem Empfange herbeieilten. Sehr grimmig stampfte der Signore Federigo einher im Kreise seiner Kapitäne, die sich an Bord des Andrea Doria um ihn versammelten. Der unglückliche Kampf der letzten Nacht lag ihm schwer auf der Seele. Ging das so fort, so fiel das Geschäft keineswegs so lohnend aus, wie es aussah auf dem Pergament, auf dem Vertrage, auf welchem Don Philipp der Dritte von Hispanien sein Yo el Rey über die Unterschrift des Genueser Nobiles gesetzt hatte.

»Hinaus mit euch allen!« schrie Don Federigo im Kreise seiner Kapitäne wütend, »hinaus in die See, und fangt mir diese verruchte schwarze Galeere. An ihre eigenen Rahen knüpft mir die ganze Mannschaft, und die Hölle habe ihre Seelen. Cospetto, morgen mit Tagesanbruch lichten die Anker die vier Galeeren, die hier noch vor Anker liegen. Hört ihr, Signori? Der Andrea Doria bleibt allein noch hier und erwartet nähere Befehle. Hört ihr, ihr Herren von den Galeeren – morgen früh. Botschaft ist schon nach Sluis an die dortigen Befehlshaber gegeben, ebenfalls mit allen freien Schiffen in See zu gehen. Die schwarze Galeere – bringt mir die schwarze Galeere, oder der Satan –«

Ab stampfte der Admiral, den Rest seiner Rede verschluckend, und die Kapitäne schauten sich gegenseitig mit Grimassen an und dem Admiral nach:

»Diavolo – das war spanischer Pfeffer! – Auch eine Arbeit, die leichter zu bereden als zu tun ist! – Nun, ihr Herren? – Die schwarze Galeere! – Gestern habt Ihr ja wohl Euren Koch gehängt, Francisco? – Jawohl, schade drum! – Sluis! – Spinola! – Schwarze Galeere!« so ging das an Bord des Andrea Doria durcheinander, bis endlich ein Befehlshaber nach dem andern sich entfernte, um die Vorbereitungen für die morgende Abfahrt zu treffen.

Wilhelm Raabe (1831 – 1910) aus: Die schwarze Galeere

Schiffergruß

Stolzes Schiff mit seidnen Schwingen,
Fährst mein Boot zugrunde schier,
Sang von Bord und Lauten klingen,
O du fröhlicher Schiffsherr dir;
Ich muß selbst mein Lied mir singen,
Nur der Sturmwind singt mit mir.

Stolzes Schiff, wenn dein Feuer
Nachts verlöscht: beim falben Licht
Steht ein Fremder an dem Steuer,
Mit den Winden laut er spricht,
Und die Wogen rauschen scheuer –
Trau dem finstern Bootsmann nicht!

Gleiche Winde, gleiche Wellen,
Reiches Schiff und armes Boot
Nach demselben Strande schwellen,
Deine Hoffart, meine Not
Wird an einem Riff zerschellen,
Denn der Bootsmann ist der Tod.

Joseph von Eichendorff (1788 – 1857)

Inhaltsverzeichnis